쉼,
하세요

쉼, 하세요

펴낸날 초판 1쇄 2018년 5월 28일

지은이 김유영

펴낸이 강진수
편집인 김은숙

책임편집 유지은
디자인 강현미

인쇄 (주)우진코니티

펴낸곳 (주)북스고 | **출판등록** 제2017-000136호 2017년 11월 23일
주소 서울시 중구 퇴계로 253(충무로 5가) 삼오빌딩 705호
전화 (02) 6403-0042 | **팩스** (02) 6499-1053

ⓒ 김유영 2018

• 이 책은 저작권법에 따라 보호를 받는 저작물이므로 무단 전재와 무단 복제를 금지하며,
  이 책 내용의 전부 또는 일부를 이용하려면 반드시 저작권자와 (주)북스고의 서면 동의를 받아야 합니다.
• 책값은 뒤표지에 있습니다. 잘못된 책은 바꾸어 드립니다.

ISBN 979-11-962927-4-4 03180

이 도서의 국립중앙도서관 출판예정도서목록(CIP)은 서지정보유통지원시스템 홈페이지(http://seoji.nl.go.kr)와
국가자료공동목록시스템(http://www.nl.go.kr/kolisnet)에서 이용하실 수 있습니다.(CIP제어번호: CIP2018015010)

책 출간을 원하시는 분은 이메일 booksgo@booksgo.co.kr로 간단한 개요와 취지, 연락처 등을 보내주세요.
Booksgo는 건강하고 행복한 삶을 위한 가치 있는 콘텐츠를 만듭니다.

쉼, 하세요

하세요

쉴 틈 없는 당신을 위한 마음 처방전

김규영 지음

Booksgo

글을 쓰면서 새롭게 다가온 삶에 감사하며

그 어떤 일이건 꾸준하게 해왔던 게 있었나 싶습니다만 7년 여라는 세월, 매일 해왔던 일이 있습니다. 바로 글쓰기입니다. 글을 쓰면서 나를 다시 깨우고 다독이며 돌아보곤 했습니다. 이런 과정을 통해 저는 지금, 전혀 다른 사람이 되어 있습니다.

글을 쓰기 시작하고부터 세상과 삶, 사람과 마음이 보이기 시작했고 조금 더 이해할 수 있었으며, 어느 정도는 알게 되었습니다. 한결 여유로움과 느긋함도 지닐 수 있게 되었을 뿐더러 사랑하는 마음도 짙어졌고 깊어졌습니다. 나로 인해 상처받은 이는 없었는지 주변도 돌아볼 수 있는 너그러움의 혜안도 얻었습니다. 글쓰기는 내가 살아 있음을 알려 주었고, 살아가는 데에 있어 방향타 역할도 해주었다고 생각합니다.

또한, 글쓰기는 지금 그 어떤 스승보다도 훌륭하고 멋진 조련사의 역할을 했습니다. 스스로 생각하고 느끼며 깨우치게 해주었으니 말입니다.

어린 나이에 시작했던 20여 년의 홀로서기 중 숱하게 사람과 일을 만나고 해오며 스스로 부딪치며 치열하게 싸우고 버텨오면서 알게 된 이야기를 담았습니다. 이 책에 담긴 글들은 매일 아침, 지인들의 삶에 미약하나마 변화의 시발점이 되길 바라는 순수한 마음으로 전달하였습니다. 그런데 예상외로 많은 분들이 그것으로 용기를 얻거나 마음이 따뜻해졌다고, 힘이 났다고 말씀해주셨습니다.

이 책에 담긴 글들이 그 누군가에게 위로와 격려, 긍정의 힘, 그리고 잊고 지낸 것들을 끄집어내어 자존감이 회복되어 희망을 얻고 새로운 삶의 기폭제가 되었으면 좋겠습니다. 더불어 진지하게 자신의 모습과 마주한다 생각하고, 평소에 자기 자신과 마주하기를 꺼렸거나 두려워했던 이들도 지치고 힘들 때 가끔 읽어 보길 바랍니다.

그간 써왔던 글들을 소소하게 엮어 책으로 세상에 내어놓게 되었음에 마음 한편 아련함과 함께 기쁨과 감격으로 뭉클합니다. 처음에는 딱히 그 어떤 목적을 염두에 둔 것은 아니었지만 써오며 내심 출간에 대한 희망도 은연중 있었음을 실토합니다.

　책이 나오기까지 많은 깨달음의 영감을 주었던 인연, 지금껏 함께한 소중한 이들과 앞으로도 함께하고 싶습니다. 그동안 나를 지지해주고 믿어 주었던 소중한 가족에게도 마음속 깊은 사랑의 마음을 전합니다.

　끝으로 출간을 앞두고 좋은 곳으로 떠나신 아버지께 이 책을 바칩니다.

2018년 5월, 완연한 봄날
건강과 행복 즐거움과 미소를 전하는 마법사
김유영

| 차례 |

첫 번째 이야기,
마음에 담아보는 쉼표 하나

두 번째 이야기,
더 나은 나를 위해 돌아보는 시간

세 번째 이야기,
삶을 조금 더 풍요롭게 하는 한마디

다섯 번째 이야기,
함께 해서 더 행복한 우리

첫 번째 이야기,

마음에 담아보는 쉼표 하나

격려의 말 한마디

오래전 춥고 배고팠던 시절,

가족의 정다운 웃음소리 그리고 따뜻한 밥 한 그릇이 나에게
는 꿈과도 같았다.

남들은 평범하다고 생각하는 삶에서 벗어난 상황에서,

총알의 파편처럼 마음 한구석에 오래도록 지울 수 없는 상처
처럼 기억되는 그 시절,

그때는 누군가의 따뜻한 말 한마디가 그립고 또 그리울 따름
이었다.

"괜찮아, 오늘도 수고했어!"

이런 누군가의 격려와 위로의 말 한마디면,

정말이지 온 세상을 다 가진 듯 행복할 것 같다고 생각했었다. 그때는.

그렇지만 그것은 바람일 뿐, 늘 차디찬 현실과 홀로 마주해야 했다.

떳떳하고 당당하게 살려 애쓰고 온 힘을 다했건만,

결과는 늘 원했던 것만큼 나오지 않아 실망하고 좌절할 때에도 그 누구의 위로 한 마디 들을 수 없었다.

그저 애써 나 자신을 다독거릴 따름이었다.

아픔을 홀로 오롯이 이겨내며 따뜻한 위로와 말 한마디의 격려가 그 어떤 물질적 보상보다 값지게 다가온다는 사실을 깨달았기에,

힘겹고 버거운 오늘을 온 힘을 다해 살아가는, 아니 살아 낸 이들에게 힘주어 이 말을 전한다.

"오늘도 수고하신 당신이 최고입니다!"

당당하고 떳떳한 미생

'아무리 빨리 이 새벽을 맞아도 어김없이 길에는 사람들이 있었다.'

'남들이 아직 꿈속에서 헤맬 거로 생각했지만 언제나 그렇듯 세상은 나보다 빠르다.'

〈미생(未生)〉 중 나오는 이 말에는 심약한 주인공의 여린 마음이 고스란히 드러난다.

세상은 나보다 더 앞선 부지런한 이들로 가득 차 있는 것 같아 나라는 존재가 별스럽고 한심하게 느껴지는 어리석은 마음.

먼저인 사람들과 앞서 있는 사람들 그리고 더 부지런한 사람들과는 엄연히 출발 지점도 다르고 삶을 대하고 바라보는 것도 다를진대, '나는 모자라다'는 마음을 지니고 바라보면 당연히 그럴 수밖에 없기에 안타까울 따름이다.

그들의 삶 또한 치열한 생존의 전쟁터이고 지옥인 것을 모르는 미생.

세상 그 누구도 오늘도…내일도… 그렇게 안팎으로 고군분투하며 절체절명의 마음으로 산다는 것을 알았으면!

나만이 아니고 누구나 다 그렇다는 것을 알았으면!

세상에 완생(完生)은 없으며 미생도 인생이다.

그러니 움츠리지 말고 기죽지 말고 당당하게 맞설지어다.

나를 위해 한 잔

한 주를 별탈 없이 잘 보내어 한 잔.

하루하루를 열심히 잘 살아내어서 한 잔.

많은 이들과 좋은 이야기를 나누고 긍정의 에너지를 나누어 기특해서 한 잔.

때로는 힘들지만 잘 버텨내고 있어서 한 잔.

늘 모든 상황에서 배우려고 애쓰는 마음에 한 잔.

사람을 사랑하는 마음에 살짝 취해 한 잔.

그리고 닫혀있고 쓸쓸한 누군가의 아픈 마음에 위로의 한 잔 건네련다.

내 몸뚱이에게

늘 바쁜 일상에서 나에게 주어지는 쉼과 여유의 시
간은 얼마나 될는지.

한 주를 시작하고 열심히 나름의 일을 하고 난 뒤 찾아오는
쉼과 여유의 시간.

또다시 뭔가를 해야 하고, 배워야 하며, 어디론가 가야만 하
는 소중한 그 시간.

세상이 나를 그렇게 이끄는 것인지, 현재의 삶이 나를 그렇게
움직이게 하는 것인지, 나의 일정 문제인지는 모르겠지만, 다들
각자 나름의 이유가 있을 테지만,

그 어떤 이유로 인해 내 몸에 피로가 쌓이는 것은 좋지 않음
을 모르는 이 없을 테지만,

그런데도 바쁘게 움직여야 하는 이유에 대해 한 번쯤 생각해보아야 하지 않을까?

더불어 왜 쉼과 여유를 가져야 하는지도 돌아보아야 하지 않을까?

그 무엇 때문에 그러는지 말이다.

휴일에도 예외 없이 쉼과 여유 없는 삶에,

피곤한 내 몸에게 가끔은 미안함도 얘기하고, 힘내라고 토닥거려도 주고,

맛있는 것도 먹어주고, 즐거움도 주며 평안함도 주고, 힐링할수 있는 쉼과 여유의 시간을 내어주자.

언제나 고생하는 내 몸뚱이에게 고마움을 전하며.

마음은 가끔 쉼이 필요하다

사람의 마음이 어떤 크기나 모양인지 알 수만 있다면 좋겠다. 그림이나 퍼즐 조각 맞추듯 이 마음과 저 모양, 저 모양과 이 마음을 빈자리 곳곳에 끼워 맞출 수 있을 텐데…. 하지만 안타깝게도 그럴 수 없는 것이 우리의 마음이다.

지구촌의 수십억 명이 각각의 모습만큼이나 각양각색의 마음을 가진다. 순간에도 수천수만 가지 생각이 떠오르는데, 그 바람 불어 흔들거리는 갈대 같은 마음을 한 곳에 머물게 한다는 건 쉬울 수도 어려울 수도, 가능할 수도 불가능할 수도 있으리라.

사람으로 인해 상처받고 아파했던 그런 마음을 따뜻하고 포근한 가슴 한편에 안주(安住)하게 해 보련다. 그렇게 되면 마음은 한결 부드럽고 온화해져 마음속에 씨앗처럼 뿌리내리진 않을지.

　마음은 생각과 판단, 행동과 말 등으로 인해 씻을 수도, 지울 수도 없는 상처와 모진 아픔의 트라우마 등도 겪게 된다. 그런 힘들고 지친 마음을 가끔은 보듬고 어루만져도 주며 잘 달래주기도 하자.

　마음은 가끔 쉼이 필요하다.

여름이 주는 맛

뜨거운 태양 아래 땀과 끈적끈적함으로 뒤덮인 온몸.

이를 닭살 돋게 식혀주고 몸을 상쾌하게 해주는 에어컨과 선풍기 그리고 부채 바람.

삼삼오오 모여 참외며 커다란 수박을 쪼개어 나눠 먹는 달달한 맛.

후덥지근한 일과를 마친 후 얼음처럼 시원한 맥주를 들이켤 때의 목 넘김의 찌릿함.

휴가철 계곡과 바닷속으로 풍덩 하며 들어갈 때의 오싹함.

한여름 중간중간 무더위를 식혀주는 소나기.

불볕더위 속 타들어 가는 가뭄 끝에 메마른 대지를 촉촉이 적셔주는 단비.

여름이 아니면 과연 이런 맛을 느낄 수 있을까?
여름이라는 계절에서만 느낄 수 있는 멋스러움을 생각하며.

계절도 사람처럼 다 제맛이 있다.

역경 너머의 달콤한 그것

살면서 행복을 마주하는 것만큼 역경 또한 마주하며 살아가게 됩니다.

그중에는 가볍게 넘겨 버릴 만큼 작디작은 어려움도 있지만, 다시 일어설 수 없을 만큼의 커다란 역경도 있습니다.

그렇다면 세상 모든 이들이 작은 어려움만 넘을 수 있고, 커다란 역경은 넘지 못하고 모두 그 자리에서 주저앉아 버리게 될까요?

절대 그렇지 않습니다. 이를 잘 알고 있지요.

세상에는 생각하는 것조차 버거울 정도의 역경을 딛고 가장 높은 자리까지 오른 사람들이 정말 많습니다.

대처하는 방법은 저마다 달랐지만, 그들은 분명히 역경을 뛰

어넘었고,

그리하여 역경 너머에 마주한 달콤한 결말을 만끽하게 되었습니다.

지금 많이 힘드시나요?

그래도 분명 웃을 날이 온답니다.

세상에는 불굴의 의지와 노력으로 자신만의 역경을 이겨내고 헤쳐 온 이들이 많이 있습니다.

그들처럼 나도 할 수 있고 해낼 수 있다는 신념을 가지고 자신이 지금껏 이겨내 온 당신만의 방식으로 역경을 뛰어넘어 보세요.

눈 질끈 감고 잠시만 참고 이겨내면 그 너머 달콤한 인생은 당신 것이 됩니다.

겨울이 없다면 산뜻한 봄날의 따뜻함도 없을 것입니다.

역경의 겨울을 치른 이에게만 행복의 새봄도 주어집니다.

역경을 발판 삼은, 더 나은 미래로의 당신의 도약을 간절히 기원하며.

지금 곁에 있기에

당신에게서 한 사람이 다시는 돌아올 수 없는 곳으로 떠난다고 가정해 봅니다.

〈엔딩노트〉처럼 그는 인생을 정리하려 합니다.

그간 살아온 인생이 주마등처럼, 파노라마와 같이 떠오르면서 지나가고 하나둘씩 지워나갑니다.

그와 결부된 인생 전반을 돌아보며 비통함과 안타까움에 젖어 들었고 뒤늦은 후회는 파도처럼 밀려와 눈물이 되어 떨어집니다.

그는 부모님과 가족, 친구와 벗, 함께 했던 좋은 사람들을 추억 속 기억으로 다시 만나며 희로애증을 풀어나갑니다.

기뻤고, 슬펐으며, 즐거웠고, 행복했거나 미안했던 일들을 떠올리며 회한의 눈시울을 붉힙니다.

지금 내 곁에 사랑하는 사람이 있고, 나를 사랑하는 이가 있으며, 사랑할 수 있는 그 누군가가 있다면.

그렇게 함께할 수 있는 이가 있다면 세상 그 누구보다 행복한 사람입니다.

사랑을 할 수 있기에 삶은 의미 있고 인생은 더욱 아름다운 게 아닐런지요.

지금 당장 사랑을 하고, 또 나누세요.

삶에서의 최고의 행복은 나와 당신을 비롯한 모두가 사랑하고, 사랑받고 있음을 느낄 때입니다.

끝으로 그는 두 손을 꼭 잡으며 말합니다.

"미안했고, 사랑한다!"라고.

함께 할 수 있기에, 사랑할 수 있기에, 지금 곁에 누군가 있기에 행복입니다.

　# 첫 번째 이야기, 마음에 담아보는 쉼표 하나

치유되지 않은 마음속 상처

"치유되지 않은 상처는 어떤 때 누군가에게 칼이 된 다."

어느 정도 공감하면서도 섬뜩한 많은 것들을 내포하고 있는 말이다.

아마도 치유되지 않은 상처는 많은 이들의 잠재의식 속에 똬리를 틀고 숨어 있을 것이다.

그런 상처가 온전하게 치유되지 않고 어떤 표출의 상황에 내몰리게 되면 어떤 식으로 발산될지는 그 누구도 모른다.

마음속 상처는 외부 상처와는 차원이 다르다.

외부 상처는 시간이 지나면 아물어 흉터로 남지만, 마음속 상처는 꺼진 듯 보이지만 꺼지지 않는 불씨처럼 마음속에 남아있게 된다.

그리고 바람이 불어 언제, 어느 때, 어떤 식으로 걷잡을 수 없이 활활 타오를지 알 수가 없게 된다.

방법은 바람막이가 되어주어 잠잠해져 스스로 소멸하여 꺼지게 하는 방법뿐이다.

조금 더 관심을 가지고 표정도 살펴보고, 대화도 나눠보는 가운데 아파하는 이가 있거나 그런 모습이 보인다면 시간을 내어 지긋한 마음으로 따뜻하게 보듬어 주면서 가만히 그의 이야기를 들어만 주길.

더도 말고 덜도 말고,

그것으로 충분하다.

타인의 아픔과 고통을 이해한다는 것

나의 아픔과 고통이야 말할 것도 없지만, 타인의 아픔과 고통까지 이해하고 헤아릴 줄 아는 사람이 얼마나 될는지요.

단적으로 말해 다른 사람의 아픔과 고통은 절대 이해할 수가 없다고 생각합니다.

아픔이나 고통이라는 것은 개인차가 크기 때문입니다.

대부분 비슷한 정도의 아픔과 상처 그리고 고통도 사람에 따라 그 받아들이고 대하는 것이 다르기 때문이지요.

같은 상태의 질병이라도 고통의 강도라는 것은 개인에 따라 10배 아니 100배 이상 다르다는 것입니다.

주사를 맞더라도 무서워 엉엉 울면서 아파하는 사람도 있으며, 따끔한 느낌으로 태연한 사람도 있지 않습니까?

그 풍경이 고통의 개인차가 얼마나 큰지를 상징하지요.

고통에는 통상적인 신체와 일상생활의 장애와 같은 육체적인 것이 있고, 정신적인 불안과 공포, 분노, 우울증 등 마음의 문제가 있습니다.

더불어 질병 때문에 일을 잃고 경제적으로 어려워지거나 사회적인 소외감으로 인해 느끼는 사회적 고통, 정신적인 고통보다 더 깊은 곳에서 오는 인생의 의미에 대한 질문, 영적인 것 등의 것도 있겠지요.

이렇듯 많은 고통 속에서 저마다의 고통을 안고 살아갑니다.

아픔과 고통으로 앓는 이가 주변에 있다면 말입니다.

그저 말 상대라도 되어 준다면 어떨까요?

그저 들어주고 같이 눈물을 흘릴 수 있다면요.

그저 말없이 한 번 안아줄 수만 있다면요.

두 손 꼭 잡아 주면서요.

그러면 아픔과 고통은 아주 조금이라도 덜하지 않을까요?

한 사람을 떠나보내며

한 번 태어나 결국 죽는 것이 인생이라지요.

그 긴 시간 동안 함께했던 인연과 정 그리고 희로애락을 나누었던 추억은 그의 일생의 여정과 함께 고스란히 남습니다.

떠난 이들은 알 수 없지만 남은 이들의 마음은 슬픔과 비통함을 토해내며 아쉬움과 허탈함에 망연자실합니다.

그저 떠난 이들이 세상에 남기고 간 흔적을 돌이키며 애써 마음을 위로합니다.

저마다 떠나는 사연 또한 기구하거나 구구절절합니다.

곁에 늘 함께 했던 소중한 이들을 뒤로하고 떠난 이들의 그 마음은 어떻겠습니까.

언제 어떻게 떠날지 모르는 것이 우리의 삶이기에 지금 곁에 있는 소중한 사람들과 함께 나누고 해줄 수 있는 게 있다면 바로 해주세요.

안부의 연락, 따뜻한 말 한마디 그리고 작은 배려와 관심만으로도 충분합니다.

자살이나 고독사나 사고로 인한 죽음도 막을 수 있고, 같이 있는 동안이라도 행복할 수 있지 않을는지요.

사랑했던 이들과의 추억 남기기, 이것이야말로 죽기 전에 지금 해야 할 가장 중요한 일이 아닐까 싶습니다.

사랑을 주고받은 기억은 서로에게 오래도록 가슴 한구석을 따뜻하게 해준다는 사실을 알았으면 합니다.

먼저 떠난 이들을 그리워하며 남겨진 이들의 가슴은 먹먹하기만 합니다.

그 먹먹한 마음에서 한편으론 삶의 의미를 생각해 봅니다.

남겨진 것은 무엇인지, 어떻게 살 것인지를 말입니다.

어머니의 눈물

초등학교 6학년 때 나는 수학여행을 가지 못하나 싶었다.

다행히 담임선생님께서 비용을 내어 주셔서 다녀왔었다.

그만큼 어린 시절, 우리 집은 무척이나 가난했었다.

무엇 때문에 가난했었는지도 그때는 몰랐었다.

그리고 중학생이 되었고 그때 비로소 알게 되었다.

나는 학교에 다닐 형편이 안 된다는 것을 말이다.

중학교 2학년 때였던 것 같다.

평소와 다름없이 학교에 갔었다.

그때는 공납금, 육성회비(수업료)가 있었다.

당시 나는 몇 달 치의 회비가 밀려 있었다.

선생님은 회비가 밀려 있는 아이들을 일어서게 했다.

몇몇 학생들과 함께 나도 일어섰다.

그리고 선생님은 아이들을 앞으로 나오게 한 뒤 그 큰 손으로 우리의 몸에 손을 댔다.

눈물이 핑하고 날 정도로 아팠다.

정말이지 많이 아팠다.

왜 맞아야 했는지 이유도 모른 채 그냥 맞았기에 더 아팠다.

그리고 돌아오는 내내 하염없이 눈물이 났다.

맞은 게 아파서였을 수도, 아니면 마음이 아파서였을지도 모른다.

나는 어머니에게 그날 있었던 얘기를 했다.

그런데 어머니는 말없이 고개를 숙인 채 눈물만 흘리셨다.

맞아서 아픈 것 보다 어머니의 눈물 때문에 더 아팠다.

어머니의 눈물은 어린 나의 가슴을 후벼 팠다.

결국, 나는 학업을 포기해야 했다.

그리고 새벽에 일어나서 학교 대신 일터로 향했고 저녁에는 집 대신 야학으로 향했다.

어머니의 눈물, 그것은 지독한 가난에 대한 서글픔이요, 아픔이요, 한스러운 현실이었다.

그 혹독한 가난 속 어머니의 눈물은 그 후 마음속 상처로 고스란히 남았다.

치명적 앓이

텅 빈 마음.

　허전하다.

　떨어지고 흩날리는 가을 낙엽처럼….

　슬프다.

　엉켜 버린 실타래처럼….

　괴롭다.

　송곳으로 찌른 듯이….

　아프다.

　하염없는 눈물.

　그립다.

　생각 속 실사처럼….

보고 싶다.

속살의 울림처럼….

아리다.

폭탄을 지닌 심장처럼….

터질듯하다.

그리고 목 놓아 울고 싶다.

잊었다 생각했는데, 잊혔다 생각했는데….

앓이.

지독한 그것들은 불현듯 트라우마와 같은 형태로 나타난다.

가난의 한스러움, 평범한 삶의 갈증, 행복한 가정의 사랑, 홀로서기의 외로움과 쓸쓸함, 그 시기에 할 수 없었던 아쉬움과 미련 등으로 말이다.

마음 점검

눈을 감고 지금 현재 내 마음 상태를 점검해 봅니다.
어떠한가요?

흔들림 없는 평안하고, 평온한 그리고 고요한 마음이라면 그
것이 행복입니다.

그 행복한 마음을 유지하기 위해선 지극한 노력과 훈련이 필
요합니다. 자신만의 명상과 묵상 그리고 수련 과정을 통해 마음
속의 고요함과 행복함을 유지하기 위해 제일 우선시 되어야 하
는 것은 무엇일까요?

바로 '사랑하는 마음'이 아닐까요?

사람의 사랑에서부터 자연과 대지의 사랑 그리고 온 우주에
의 무한한 사랑의 마음이 행복으로 이끕니다.

당신의 앞날에 무한한 사랑과 행복 그리고 평온하고 고요한 마음이 함께하길.

시의적절함이란

손을 내밀 때인지.

마음을 전할 때인지.

기다릴 때인지.

물러설 때인지.

미워할 때인지.

감사할 때인지

고백할 때인지.

떠날 때인지.

아니면 마음을 접을 때인지.

이 순간이 무엇을 위한 때인지 어떻게 알 수 있을까?

시간은 손가락 사이로 빠져나가고,

아무것도 하지 못하고, 아무것도 이루지 못하였다.
시의적절함은 내 느낌으로 알맞을 때이다.

마음의 응시로 나를 만나는 시간

심호흡과 더불어 온 마음과 정신을 집중하여 나를 들여다본다.

내가 느끼며 익히 알고 있던 내가 아닌 변질되어 있지는 않은지의 또 다른 나를 보려 한다.

있는 그대로의 나를 담담한 시선으로 읽어 내려 한다.

세상의 조금 흐른 시간에도 몸과 마음속에 찌든 때와 묵은 때가 쉬이 생겨나기 때문이다.

그래서 가끔 내 마음을 들여다볼 필요가 있다.

오염되지 않게 내 안의 나의 모습과 마음에 찌든 때와 묵은 때도 닦아줘야 한다.

이번에는 늘 해왔던 방식이 아닌 조금은 색다른 방법으로 바라보려 한다.

담담한 시선으로 있는 그대로의 나를 바라보고 응시하려 한다.

그리고 마음으로 만나보는 것이다.

마음으로의 바라봄으로 내 안의 나와 지금의 나를 말이다.

지금의 나와 내 안의 나가 만나 서로를 마음속으로 바라보고 응시하다 보면, 스르르 깨끗한 알몸의 느낌과 같이 새털처럼 가볍고, 가을 하늘처럼 청명하게 맑아지고 깨끗해져 옴을 내 안의 나는 느낄 수가 있다.

몸과 마음 그리고 정신까지 물처럼 투명하고 공기처럼 명료해져 있는 나를 다시 일깨워 본다.

내 안의 나와 묻고 답하다

어이~ 유영~ 반갑네! 잘 지내고 있는가?

오! 반갑구먼! 자네도 잘 지내지?

나? 나야 항상, 늘 즐겁게 지내고 있다네!

지금은 어때? 무엇이든 말해보게~

음~ 지금 나는 나의 꿈을 향해 한 걸음씩 나아가고 있네.

나의 속도에 맞춰서 급하지 않게 말이네.

그렇구먼! 들어보니 아주 잘 지내는 것 같구먼.

멋지군. 아주 멋있어!

고맙네! 자네는 어떤가?

나? 나도 항상 나를 돌아보고 주변을 보면서 늘 깨어있기 위해 온 힘을 다하고 있다네!

음, 깨어 있기 좋은데?

거기에 하나 더 추가해 보겠네.

비우고 채우기 어떤가?

오! 좋은데! 역시 자네는 나의 벗이야~

자, 그러면 언제쯤 그 꿈이 이루어지나?

나의 꿈 말인가?

꿈은 이루는 게 아니라네.

꿈은 꾸는 것이라네.

되든 안 되든 말일세.

다만 그 꿈을 위해 어떤 노력과 얼마만큼의 노력을 했느냐가
중요하다네.

그리고 후회도 하지 말아야 한다네.

음, 그렇군! 멋진 말이군!

그렇지만 나는 자네가 그 꿈을 꼭 이루었으면 하네.

진정으로, 자네의 벗이⋯.

내 안의 나에게 묻고 답해 본다.

자존감의 갑옷 입기

한때 나는 나 자신을 믿지 않았었다.

항상 부족한 것이 많았고 실패하는 모습을 보며 '그래 뭐 난 늘 이런 놈이지'라며.

그렇게 아무런 목적도, 꿈도, 방향도 없이 사람들이 많은 무리에 섞여 그것이 맞는 인생길인 것처럼 살았던 때가 있었다.

그런데 언젠가 나를 바라봐 주고 사랑해 주고 기다려주고 믿어주는 그 누군가가 있었음을 알게 되었다.

그걸 알게 되고 나니까 정신이 번쩍 들었다.

'내가 아닌 그 누군가도 나를 그렇게 믿어주는데 왜 나 자신은 스스로에게 그러하지 못했을까?'라고 생각하게 되었다.

'그래 나는 이러려고 태어난 게 아닌데, 나도 할 수 있는데.'

'맞아, 너도 할 수 있어!'

'그래, 나는 할 수 있어!'

'나도 할 수 있어!'

그렇게 먼저 받게 되었다.

받아보니 알게 되었다.

'그렇게 기다리는 거구나.'

'그렇게 사랑하고 관심 가지고 믿어주는 거구나.'

그제야 알게 되었다.

내 옆의 그 누군가의 덕분에….

이제야 나도 알려 줄 수 있을 것 같다.

'그래, 당신도 할 수 있어!'

'못하는 게 아니고 아직 잘 모르고 있는 것일 수도 있어!'

이제는 이렇게 말하려 한다.

"나는 당신을 믿습니다."

"나는 당신을 기다리겠습니다."

"나는 당신을 항상 지켜보겠습니다."

"당신도 할 수 있습니다."

"포기하지 마세요."

다시 한번 말하겠다.

"당신은 할 수 있습니다."

"글이라고 응원하는 게 아니라 진심 어린 제 마음입니다."

"당신도 충분히 할 수 있습니다."

당신 곁엔 당신을 응원하는 그 누군가가 있다는 것, 부디 잊지 마시길.

늘 다른 아침

아침은 누군가에게는 희망의 아침이지만, 누군가에게는 두려움의 아침이기도 합니다.

　지금 한번 주위를 둘러보세요.

　숨 가쁘게 바삐 움직이는 사람들,

　저마다의 다양한 세상의 소리,

　정처 없이 넋 놓은 사람들의 표정,

　휴대폰 삼매경 속 위험에 빠진 사람들,

　이런 상황이 우리의 현재이자 일상입니다.

　오늘도 휴대폰의 세계에 빠져 눈 앞에 펼쳐진 생생한 실사를 놓치며 살고 있지는 않은지요.

　생각에 빠져 눈이 있어도 볼 수 없고, 귀가 있어도 들을 수 없습니다.

　잠시 눈을 감고 편안하게 심호흡을 해봅니다.

　시간과 공간의 매트릭스 세계에서 벗어나 우리가 창조한 세계를 맛봅니다.

　당신은 지금, 당신의 생각과 의지대로 살고 있는지요?

　아니면 세상의 규칙에 따라 그저 그렇게 살고 있는지요?

　세상의 생생함을 못 본채 언제나 그렇듯 이유와 목적 없이 그렇게 흘러가고 있지는 않은지요?

　세상을 느끼고, 바라보며 자신의 시각과 생각으로 삶을 살아가는 지혜가 필요한 시기는 아닌지요?

　지금 한 번 나를 바라보는 시간을 가져보면 어떨까요?

마음은 슬로 모션처럼

마음이 편안할 때는 더 적게 말하고, 생각하며 그저 침묵하게 됩니다.

마음이 편안할 때는 시선이 외부로 향하게 되고, 보이지 않았던 것이 보이며 들리지 않았던 것이 들립니다.

그냥 지나치던 것들이 마치 슬로 모션처럼 느리게 움직이며 더욱 뚜렷하고, 선명하게 보입니다. 아무런 의미를 가지지 않았던 것들이 마치 살아 숨 쉬는 것처럼 말이지요.

이 모든 것들이 홀로 떨어진 객체의 합이 아닌 연결된 주체들의 역동으로 다가옵니다.

이 느낌은 꽤 좋은 기분을 선사합니다.

태풍의 눈처럼 고요하나 외부의 것들은 생명력을 마음껏 발산하는 것과 흡사합니다.

슬로 모션처럼 늘 편안한 마음가짐을 가지려 해보세요.

그만큼 행복해집니다.

소소한 행복의 크기

'행복은 크고 많은 것에서보다는 작은 것과 적은 곳에서 온다!'

이런 사실을 살아가면서 자연스럽게 알고 있습니다.

소소한 행복 말이지요.

그런데도 조금은 편안하게 살고자 욕심이 생기는 것도 숨길 수 없는 사실입니다.

그 편안함과 안락함에 소소한 것에서의 행복은 소홀히 여기기도 합니다.

그렇지만 향기로운 한 잔의 차를 통해서도 얼마든지 행복해질 수 있고,

친구와 나눈 따뜻한 이야기와 정다운 미소만으로도 그날 하

루 마음의 양식으로 삼기에 충분합니다.

많은 것을 차지하고 살면서도 결코 행복할 수 없다면, 인간의 원초적이고 본능적인 욕심만을 쫓아다니는 삶만을 추구하기 때문은 아닐까요?

따뜻하고 살뜰한 정을 잃어가고 있기 때문은 아닐까요?

행복은 크고 작고의 차이도, 많고 적고의 차이도 아닙니다.

'그런데도 행복하다'고 생각하는 그 마음의 크기만큼 찾아옵니다.

당신의 행복 마음의 크기는 어떤가요?

더 나은 나를 위해 돌아보는 시간

존재의 의미와 가치

'개똥도 약에 쓰려면 없다'라는 말이 있습니다.

무엇이든 그 어떤 쓸모가 있기에 존재의 가치를 잘 바라봐야 합니다.

악어와 악어새, 쇠똥구리와 배설물의 공생 존재도 있듯이 말입니다.

특히 우리 인간의 기준에서 모든 것을 눈에 보이는 것만으로 판단해서는 안 될 것입니다.

오류나 오판을 하기 때문입니다.

동주상구(同舟相救)란 말이 있습니다.

어떤 운명이나 처지에 함께 놓이게 되면 아는 사람이든 모르는 사람이든, 친하거나 원수지간이든 너와 나 구별 없이 서로도와주게 된다는 뜻입니다.

때로는 전혀 불필요한 사이지만 어떤 때는 필요의 관계가 되기도 한다는 의미입니다.

존재하는 모든 것은 그 나름대로 필요성과 능력, 가치를 지닙니다.

지금은 하찮고 보잘것없는 그 어떤 것도 내일은 어떻게 쓰일지 아무도 모르는 일입니다.

그 나름의 가치를 지니고 있기에 존재하는 모든 것들을 자체로 존중하고 사랑하는 마음을 갖도록 해야 합니다.

그리고 이 땅에 주어진 모든 것을 사랑해야겠습니다.

겸손한 삶을 살기를

아쉬울 것이 없었을 때는 내가 세상의 주인인 것처럼 살았다.

다른 사람은 이해하려 들지도 않았고 온전히 이해할 수도 없었다.

하지만 나이가 들어가면서 잃어버리는 것들과 잃어야 할 것들이 있음을 아는 지금,

어쩔 수 없이 잃을 수밖에 없는 것들을 겪으면서 많은 생각이 오가는 요즘,

내 마음에 담겨 있는 사랑은 나를 보는 눈이 되어주고, 다른 이의 가슴에 담겨 있는 내가 진정한 나의 모습이란 것을 깨닫게 된다.

잃을 수밖에 없는 것들을 잃지 않기 위하여 나름의 다짐도 필요했다.

그 하나를 얻기 위해 빼앗고 빼앗기는 삶이 이어졌었지만 내 것이 아니면 결국은 떠나간다는 것도 깨달았다.

떠나간 것은 붙잡을 수도 없거니와 애처로운 미련만이 마음 속에 쓰라림을 안겨주듯 파도처럼 밀려 왔다 나갔다 할 뿐이다.

살면서 깨달은 사실은 내가 가진 것도, 가질 수 있는 것도 결국엔 내 것이 될 수 없다는 것이다.

결국에는 한 줌 재만 남기고 떠나기에.

나만의 거룩한 시간

누구에게나 하루라는 시간이 주어집니다.

그 주어진 시간을 적절하게 이런저런 일을 하며 살아갑니다.

삶에서 시간을 사용한다는 의미와 그 시간 안에 들어있는 삶의 굴곡들의 치열함을 생각해보면, 나 자신만의 시간은 얼마나 되고 주어지는지 묻지 않을 수 없습니다.

시간과 관련한 수많은 책들이 범람하지만, 과연 올바른 시간의 사용법을 제대로 활용하고 있는지요. 아니면 흘러가는 시간에 맡겨버리진 않는지요.

이런 생각의 겨를도 없이 지금도 시간은 무정하고 무심하게 가버립니다.

하지만 언제, 어느 순간에 생을 마감할지 알 수 없습니다.

일주일에 단 한 시간 또는 몇 시간만이라도 오롯이 나만의 시간을 가지며 사는 이가 몇이나 될는지요.

그래서 주말이나 휴일 동안에 큰일이나 약속이 없는 한 온전한 나만의 시간을 갖습니다.

그 시간만큼은 온전히 나에게 내어주고 할애하는 시간을 갖는다는 것만으로도 위로와 휴식이 되어줍니다.

선물 같은 시간이지요.

그동안 묵혀 두었던, 쌓아 두었던, 숨겨 두었던, 잊고 지냈던, 챙기지 못했던 것들을 생각해 끄집어내어 풀 수 있도록, 털어낼 수 있도록, 챙길 수 있도록 고심할 수 있는 소중한 시간입니다.

다음 한 주의 시간이 다가왔을 때, 그 생각하고 고민했던 것들을 살피면 후회나 반성하는 일이 없게 하기 위함이기도 합니다.

나 자신을 돌아볼 수 있게 하는 거룩한 시간이기도 하구요.

'나만의 시간'은 살아 있음의 이유이자 생각하고 사유하며 살아가는 인간 본연의 삶의 이유이기도 합니다.

그리고 몸과 마음에 정신적 여유를 가질 수 없고, 평화로움을 누릴 수 없는 현실 속에서 나만의 시간을 가짐은 삶에 활기를 불어넣어 주고 충전시켜 주기 때문에 에너지 넘치는 삶을 살 수 있게 해줍니다.

이제 한 번 '나만의 시간'을 오롯이 느끼고 즐겨보세요.

어제가 오늘이 그리고 내일이 달라집니다.

나답게 살지 않으면

"어떻게 살아야 할까?"

이제는 모든 것이 다 커버린 지금,

가르쳐 줄 선생님도 없을뿐더러

부모에게, 친구에게, 아이에게서도 배울 수 없는 나이가 되어 버렸다.

더는 누군가 가르쳐주는 이 없는 현실에서, 어른이 된 남자는 사회 속에서 듣는 말이 있다.

남자답게 살아야 한다,

아들답게 살아야 하며,

남편답게 살아가야 하며,

아버지답게 살아야 한다.

그러나 그 속엔 '나답게'는 없었다.

철이 들어 인생을 어느 정도 알게 된 나이든 지금,

이제 나답게 살아야 하는 이유를 알게 되었다.

그렇다면, '나다운 건 무엇인가?'

이 물음에 그동안 인생을 얼마나 허비하면서 살아왔는지 되묻지 않을 수 없다.

인생에서 가장 중요한 것은 무엇인가에서 치열한 고민을 하였느냐이다.

어제보다 오늘, 오늘보다 내일 더 성장하고 부딪치며 사는 것이어야 한다.

나다움은 타인의 생각과 관점보다 스스로가 바라보는 자신을 인지하고 바라보며 살아가는 자신의 삶에 주인으로 살아가는 것이어야 한다.

나답게 살지 않으면 죽을 때 반드시 후회하게 된다.

나에게 던지는 질문 뒤에 얻게 되는 것들

나에게는 오래전부터 해오던 몇 가지 습관이 있다.

그중 하나가 '끊임없이 질문을 던지고 묻고 답하는 일'이다.

'왜 사는가?'

'어떻게 살 것인가?'

'인간다운 삶과 진정한 삶이란 무엇인가?'

'나는 무엇인가?'

'나에게~ 이란? 가족? 행복? 친구와 벗? 욕심? 배움? 가치와 의미? 죽음? 깨달음?'

등등의 무수히 많은 질문들을 던지며 묻고 답하는 것이다.

내가 나에게 끊임없이 질문을 던지는 이유는?

인간은 돌아서면 잊어버리는 망각의 습성을 지니고 있기 때문이다.

묻고 답하는 생활을 게을리하지 않으면 자만에 빠지지 않게 되어 올바른 인성을 바탕으로 성찰의 삶을 살아갈 수 있다.

그렇게 묻고 답하다 보면 내 안의 나를 만날 수 있고, 세상을 바라보는 시야도 넓어지며, 생각하는 사고의 깊이와 넓이도 더욱 깊어지고 넓어져서 삶의 진정한 가치와 의미도 찾을 수 있게 된다.

오늘도 나는 나에게 던지는 질문 하나에 담담하고 담대하게 세상을 살아가는 용기와 지혜를 얻는다.

● ● ● ●

말투에는

말을 할 때는 주의하여 조심스럽게 해야 합니다.

한번 내뱉은 말은 주워 담을 수 없기 때문에 매사에 신중해야 함은 당연지사입니다.

말하는 스타일, 즉 말투에는 그 사람이 가지고 있는 성향이나 버릇, 태도가 묻어납니다.

흔히들 취중 진담이라고 하지만 술버릇과 주사의 나쁜 행태의 모습들이 회자되는 것만 봐도 평소 말투에 각별함을 필요로 하게 됩니다.

말투에는 개인마다 자라온 문화적인 배경과 환경, 습관화와 성격적인 부분들이 영향을 미칩니다. 이러한 이유를 인지하며 대화하는 이는 많지 않기 때문에 오해 아닌 오해를 하기도 하고 받기도 합니다.

평생을 사람과의 관계 속에서 사는 우리는 더욱더 말조심해야 합니다. 거만과 빈정거림, 가시가 돋친 말을 무심코 툭툭 내뱉으면 결과는 뻔합니다. 듣는 이로 하여금 미움과 증오의 마음을 가지게 하여 어떤 이들은 그 말투로 인해 아파하며 상처받아 사람을 혐오의 대상으로 여기게 할 수도 있기 때문입니다.

나의 말투로 인해 누군가 오해하여 미움과 증오의 감정을 느끼고 상처받고 아파한다면 곁에는 과연 사람들이 남아 있을까요?

이 얼마나 어리석고 후회스러운 행동인지요. 앞으로는 자신의 말투가 어떠한지 한번 살펴보세요. 따뜻함과 다정함의 정겨움이 묻어나고 있는지요. 상대방에게 나의 본 모습이 고스란히 담겨 전해지고 있을까요? 말투의 습관과 성격, 표현이 돈독한 신뢰와 믿음이 있는 관계의 시작입니다.

사랑과 상처

누군가 이런 얘길 합니다.

'사랑이라 믿었던 것이 사랑이 아니었다'라고 말입니다.

그 사실을 그는 그때의 감정 속에서는 느낄 수 없었고, 그 시기를 지나 평온한 상태에 접어들었을 때 깨달았다고 합니다.

사랑의 본질을 못 본 것이지요.

사랑의 감정에 휩쓸리게 되면 온전히 그 사랑 본연의 실체를 알 수 없게 됩니다.

그 사랑했던 사람이 내 마음속에 들어와서 머물다간 그 시간에 그는 들어오지도, 나가지도 않았습니다.

사실은 내 안으로 들어오고, 나간 사람은 아무도 없습니다.

내 마음이 움직인 것뿐입니다.

마음이란 것은 그렇게 어떤 경계를 두기를 좋아합니다.

상처 또한 마찬가지입니다.

상처라 생각했던 것이 성장의 밑거름이었다는 사실을 불현듯 깨닫게 되기도 합니다.

그리고 어디까지가 상처이며 어디까지가 성장인지를 뒤늦게 알게 됩니다.

사랑과 상처는,

내 마음의 요동입니다.

불완전한 말과 글

글이나 말이 얼마나 불완전한지 나이가 들고 살아가면서 알게 됩니다.

사람들과 만나서 대화를 하다 보면 이해도 하고, 오해도 하고, 사랑도 하고, 싸우기도 하고, 감동하기도 하고, 눈물을 흘리기도 하고, 시기도 하고, 질투도 하고, 서운해하기도 하고, 심금을 울리기도 하지요.

아무리 정확한 단어를 골라 쓴다고 해도 백 퍼센트 자기 뜻을 전달하기 어렵고, 듣는 사람도 자신의 수준만큼만 알아들을 수 있습니다. 그래서 언어 때문에 인간이 타락했다고도 합니다.

말없이 느낌으로만 생각을 주고받을 수 있다면 가식과 거짓이나 속임수가 통하지는 않겠지요. 말이 있기 때문에 속으로는 아무리 싫어도 "당신이 좋아!" 하고 말하면 진짜 좋아하는 것처럼 보이는 것이지요.

　마음과 정신에 청아함을 더하고 말과 글에 혼을 실어 생각하고 말하렵니다. 내 생각과 말 그리고 행동에서 상처받거나 아파하는 이가 없길 바라며.

마음은 방하착처럼

'집착하는 마음을 내려놓아라. 마음을 편하게 가져라.'

바로 방하착(放下着)의 뜻입니다.

어떤 상황에서 매번 얽히고설키곤 하는 온갖 번뇌, 망상, 갈등, 스트레스, 원망, 집착, 욕망 같은 것들.

이를 홀가분하게 내려놓고, 놓아 버리며, 내버림으로써 그 비운 마음에 평온이 찾아온다는 의미입니다.

태어났을 때 그리고 죽을 때 아무것도 가지고 온 것도, 가지고 갈 것도 없음을 알아야 합니다.

없으면 당신이 만족하는 만큼 벌면 되고, 있으면 나누고 또 나누면 됩니다.

세상사에 결국 내 것은 없습니다.

거울을 들여다보며

거울 속에 비친 나의 모습을 들여다본다.

그 모습은 세월의 흔적을 알려준다.

그 기나긴 세월 속에서 나는 거울을 보았고 세월의 흔적을 보았던가.

거울 속의 나,

거울 속 뒤의 나,

감춰진 나,

그리고 진실한 나,

거울을 보며 겉모습만을 치장하고, 정작 거울 속 깊은 내면의 나를 들여다본 적은 있었는가.

거울 속에 비친 나를 보며 말을 걸어본다.

그동안 나는 현실 속에 함께 살아가는 사람들의 방식에 길들어서 나를 맞추며 살지는 않았는가.

그 누군가에게 좋은 사람, 멋진 사람, 훌륭한 사람으로 보이고 싶었던 것은 아닐까.

그 누군가에게 완벽한 사람이 되고 싶어 했던 건 아닐까.

거울 속에 비친 나의 모습을 보며 되물어 본다.

잘 살아가고 있는지를!

과민반응의 마음

한마디 말에 그냥 넘어가는 이가 있는가 하면, 예민
하게 받아들여 스스로가 상처받고 마음의 문까지 닫
아 버리는 사람도 있습니다.

상처받았다고 상처를 방패 삼아 숨어버리기까지 합니다.

아프고, 슬프고, 분하고, 억울하다고 해서 숨어버리거나 감춘
다고 해결될 일이 아닙니다.

세상을, 사람을 아니 모든 것을 부정적으로 바라보는 마음의
병으로 자리 잡아버립니다.

오히려 더 큰 상처로 자리 잡게 되는 것이지요.

주변에 상처받은 누군가가 있다면 가만히 곁에 앉아 그의 말
을 들어주세요.

그리고 다독여주시고 희망과 긍정의 얘기를 해주세요.

그다음 나머지는 그의 내면이 알아서 치유하게 놓아두면 됩니다.

들어주고 다독여 준 그 마음을 온전히 알게 되면 마음의 문도 열리게 됩니다.

상처 없는 사람은 세상 그 어디에도 없습니다.

그 상처를 이겨내고 극복해 내려고 하는 마음,

그 마음이 당신의 삶에 희망과 행복을 가져다준다는 사실만은 명심하세요.

무언의 언어

사람은 자신의 속마음을 무언으로 드러내며 산다.

눈빛과 얼굴의 표정으로.

눈짓과 손짓, 고갯짓으로.

무언의 그 어떤 형태로든 내면의 속마음을 끊임없이 말하고 있다.

가식적이든, 진실하든, 거짓이든지 간에.

우리가 알아차리지 못하는 상황에서 표현되기도 한다.

거짓의 언어는 낯설기도 하고 어색하여 금방 드러나고 만다.

그러므로 늘 진실해야 한다.

● ● ●

미루고 미루면 밀리게 되고 잊게 된다

'내가 헛되이 보낸 오늘이 누군가는 그토록 간절히 바랐던 오늘이었을 수도 있습니다.'

'지금 이 순간은 두 번 다시 오지 않습니다.'

이는 시간을 귀히 여기라는 뜻이지요.

'의도성 체감의 법칙'에 의하면 지금 할 일을 미루고 미룰수록 실천 가능성의 확률이 낮아진다고 말합니다.

미루는 것이 어리석은 일임을 우리는 너무나도 잘 알고 있지요.

밀린 일이나 시간의 약속, 계획한 일이나 해야 했던 전화나 대화 그리고 운동 등 미루어 득이 될 게 없거나 오히려 하지 못한 뒤에 찾아오는 아쉬움과 한숨의 안타까움, 미련을 볼 때도 미루는 것이 과히 좋지는 않습니다.

특히 관계에서의 숙제는 미루어서는 결코 좋은 결실을 보기 어렵습니다.

어떤 것이든 한 번 미루기 시작하면 그것이 습관이 되고 결국 나 자신에게 해가 되거나 남는 것은 없게 되지요.

자신이 지금 할 수 없다고 생각하고 있는 순간, 사실은 그것을 바쁘고 귀찮아 하기 싫다고 다짐하고 있는 것은 아닐까요?

그러므로 그것은 당연히 실행되지 않는 것이지요.

오늘 지금부터라도 미루는 일이 없기로 합니다.

지금부터 그냥 막 해버리세요.

어떠한 미련이나 후회도 없게.

아직 내게 남아 있는 소중한 그 무엇들

실패해본 사람, 그 실패를 딛고 이겨낸 사람은 이런 마음을 가지게 된다.

절망과 암울함으로 자신의 삶은 이제 끝났다고.

그리고 시간이 지난 후 그렇게 생각했던 사람이 이런 얘길 하기도 한다.

모든 것이 끝나고 잃어버린 줄 알았는데 자신에게는 아직 소중하고 귀한 것들이 남아 있었다고.

그래서 다시 일어설 수 있을 것 같다고.

유서를 쓰며 이전에는 가진 것이 부족하다는 생각만 했었고, 아무런 의욕도 없었으며, 불평불만만 쌓여 가고 실패한 인생이라 생각했었다.

마지막으로 남아있는 소중한 것은 무엇인지를 생각해 보고 써보면서 깨닫게 되었다.

소중한 가족이 있었고, 친구가 있었으며, 아직 일할 수 있는 건강한 몸이 나에겐 남아 있었다고.

소중한 사람들, 일상 속 작은 성공의 경험들, 즐겁고 좋았던 일들, 행복했던 시간이나 순간들 등 그렇게 하나둘 적어 내려가다 보면 길이 보인다.

내 삶에 남아있는 작지만 소중하고 커다란 희망의 불씨가.

희망은 계산하는 데서 오는 것이 아니고 그저 행동하고 선택하는 것이다.

희망의 끈은 어려운 가운데 포기하지 않고 살아가는 이에게 동아줄처럼 다가온다.

나에겐 소중한 것들이 아직 많이 남아 있다.

이것을 늘 마음에 새기며 살아간다면 이루지 못할 그 무엇도 없을 것이다.

오늘도 그런 마음으로 살아가는 당신이길.

집착과 욕심을 버리면

고민은 어느 것 하나 똑같은 게 없습니다.

언뜻 비슷해 보여도 사람마다 제각기 다릅니다.

알 수 없는 미래에 대한 막연한 불안감을 안고 걱정하는 사람도 많습니다.

걱정거리의 종류와 정도는 사람마다 다르니 그런 일로 고민하지 말라고 덮어놓고 말할 수는 없겠지요.

삶을 살아가는 누구에게나 고민과 걱정이 있습니다.

단지 고민을 처리하는 방식, 고민에 얽매이는 시간 정도만 다를 뿐입니다.

그러므로 고민의 경중을 따지는 것은 어리석은 일입니다.

내 눈에는 하찮아 보이는 것이 어느 누군가에게는 당장 죽느냐 사느냐를 결정짓는 중대한 것일 수도 있으니까요.

또 지금 나를 괴롭히는 이 큰 고민이 다른 사람에게는 정말 보잘것없어 보일 수도 있습니다.

그렇다면 내 안의 고민과 어떻게 맞서야 할까요?

결론은 하나입니다.

집착하지 않고 욕심내지 않으며 지금 이 순간을 사는 것입니다.

하나의 결과 다른 해석

오래전의 나는 목표를 100으로 삼아 노력하였고 80~90을 달성하면 실망했었다.

다시 150의 기준을 목표로 삼았고, 100의 목표 달성을 하지 못하면 나는 스스로 실패한 인생이라 칭하고 자학했다.

그리고 지속하는 자학으로 몸과 마음은 피폐해졌다.

나 스스로가 나를 웃음거리로 만든 것이었다.

하지만 이렇게 생각해볼 수도 있었다.

'그래 난 만족할만한 결과는 아니었어도 목표의 90이나 이루어 냈잖아.'

'온 힘을 다했어, 삶에는 100이 없음에도 애초부터 무리한 계획이었음을 알잖아.'

결국엔 모든 결과를 해석하는 기준은 내 관점이며, 내 생각이었을 따름이었다.

성공과 실패, 자학과 자찬의 기준 또한 나 스스로 판단할 뿐이었음을 뒤늦게 깨닫게 되었다.

왜 그토록 나 자신을 옭아매었던지.

정직한 나를 만나는 길

날마다 정신없이 흘러가는 하루, 당신은 오늘도 안녕하신지요?

그러한 삶 속에서 가끔 문득, '나는 잘 살아가고 있는가?'라는 질문을 던져보기도 합니다.

어제의 나, 오늘의 나 그리고 내일의 나를 정직하게 만날 방법에는 일기를 쓰거나 복기(復棋)를 해보는 것이 있습니다.

오늘 나의 하루를 되짚어 보고, 생각과 감정을 살펴보며 머릿속에 엉켜있는 수많은 생각들을 정리할 방법입니다.

지금까지 꾸준하게 십수년을 해왔던 일기와 복기를 통해 얻은 것이 있다면, 생각의 틀이 잡히면서 문제의 원인과 해결방안을 스스로 깨달을 수 있게 되었다는 것입니다.

하루를 마감하는 시점이나 잠자리에 들기 전 몇 분 정도만 꾸준하게 할애한다면 심리적 안정과 정신 건강에도 도움을 줄 것입니다.

내용은 어떠한 것이라도 좋습니다.

오늘 자신이 한 일이나, 인상적이었던 일, 새롭게 배우거나 느낀 점, 기분 좋았던 일, 실수한 일, 미안했던 일, 감사했던 일, 고마웠던 일, 축하할 일 등 아무것이라도 써보길 권합니다.

처음에는 서툴지만, 단 한 줄이라도 오늘부터 자신의 삶을 기록으로 남겨보시길 바랍니다.

그리고 습관화해보세요. 몸과 마음이 점점 건강해지는 느낌, 삶과 사람을 사랑하는 정직한 자신을 만나실 수 있습니다. 자기 삶의 깊이를 더 깊고 넓게 자각하길 원한다면 말입니다.

● ● ● ●

허영심에 길들여진 마음

사람은 누구나가 허영심이란 것을 가지고 있다.

자기 분수에 맞지 않게 겉치레에만 신경 쓰는 모습이다.

가진 것보다 더 많고 크게 보이기 위해 애쓰는 모습이다.

허영심에 길들어져 사는 사람들을 종종 보곤 한다.

분수에 어울리지 않는 명품 사재기를 하거나, 분수에 어울리지 않는 외제 차를 할부로 사며 전전긍긍하거나 하는 모든 것이 허영심 때문이다.

그렇게 더 높은 품의를 유지하기 위해서는 스트레스가 동반되게 마련이다.

그 스트레스는 에너지를 고갈시키고 불안과 우울을 조장한다.

걱정으로 머리를 가득 채울 것이며, 빚의 노예로 전락하게 만든다.

이것이야말로 분수에 맞게 살아야 하는 이유다.

분수에 맞게 살다가 분수가 높아지면 그 분수에 맞게 살면 된다.

허영심만 버린다면 마음은 극히 편안해지고 쓸데없는 에너지가 줄어든다.

분수에 맞게 살아가는 것이야말로 현명한 삶이다.

등신감

등신감은 내가 어리석고, 멍청하고, 한심하고, 바보 같이 느껴질 때 드는 감정이다.

그 이면에는 수치심과 죄책감을 동반한다.

'남들이 다 하는 걸 왜 난 못하지?'

'난 왜 이렇게 바보 같지?'

가끔 내가 참 어리석고 멍청하게 느껴질 때가 있다.

등신감은 살면서 우리가 겪는 수많은 여정 중에 좌절하고, 실패하며 다시는 일어서지 못할 것 같은 감정에 빠지는 것이다.

이 등신감을 이겨내기 위해선 칭찬을 해야 한다.

하지만 일단 등신감이 발동하면 긍정적 에너지는 순식간에 사라지고 만다.

이때 불러와야 할 감정이 자기 효능감이다.

자기 효능감은 잘 해낼 수 있다는 자신의 신념이다.

또한, 미소 짓기를 해보자. 씩 하고 말이다.

미소는 짓기만 해도, 보기만 해도 긍정적인 감정을 몰고 온다.

이 미소 지음을 습관화해보길 바란다.

그리고 '난 잘 해낼 수 있다!'라고 외쳐보자.

마음속으로라도 말이다.

그렇게 해보면 반드시 당신의 앞날에 무한한 긍정적 에너지와 자기 효능감이 충만해져서 즐겁고 웃는 날이 많아질 것이다.

등신감도 스스로 만드는 것이다.

이에 빠지지 않도록 아예 지워 버리자.

내 삶의 존재 이유

"내가 세상에 존재하는 이유는 바로 다른 사람들의 배경이 되어주는 것이다."

참 따스한 말이지요.

문득 오래 전 한 책에서 읽었던 이 구절은 제 삶의 존재 이유이기도 합니다.

노을이 왜 아름다운가를 생각해보면 바로 알 수 있습니다.

저무는 해의 배경이 되어주기 때문입니다.

좋은 말을 들었을 때는 마음속에 오래도록 간직하고 간직할 뿐만 아니라 그 말처럼 살기 위해 노력도 해야 합니다.

세상에 존재하는 이유는 바로 다른 사람들의 배경이 되어주기 위함에 있다고, 감히 누군가에게 그 따스함의 배경이고자 하는 마음으로 살아갑니다.

오래도록 마음속으로 되새기며 지켜나가고자 합니다.

\# 세 번째 이야기,

삶을 조금 더 풍요롭게 하는 한마디

나만의 매력 찾기

사람은 누구나 저마다의 좋은 점과 나쁜 점, 장점과 약점을 가지고 있습니다.

나쁜 점과 약점은 보완해 나가고 좋은 점과 장점은 적극적으로 살려 자신만의 고유한 매력으로 키워 나간다면 더할 나위 없을 것입니다.

그러나 자신이 지니고 있는 좋은 점과 매력을 본인 자신도 잘 모르는 이들이 많습니다. 설령 안다고 해도 어떻게 해야 할지를 모르거나 아예 자신이 지니고 있는 매력을 끄집어내어 나타내기를 꺼리는 이들도 적지 않습니다.

누군가와 이야기를 나누다 보면 성향이나 스타일 등을 알게 되어 깜짝 놀라는 순간을 마주하곤 합니다.

하지만 정작 자신은 내제하여 있는 매력을 잘 알지 못합니다.

그런 매력을 끄집어내어 당당하고 떳떳한 자신으로 살아가길 바라고, 인생길에서 긍정적인 반전의 효과를 누려보았으면 합니다.

누군가가 일깨워 주기를 바라지 않고 스스로가 자신을 알려하고 그것을 잘 찾아내어 활용할 수 있다면 더할 나위 없이 좋겠지요.

매력은 내가 느끼고 알고 있는 나와 타인이 느끼고 생각하는 나의 모습이 공통된 그것과 일치되어 결과로 나타나는 것입니다.

당신의 매력은 무엇인지 알고 있습니까?

지금 한 번 찾아보면 어떨까요?

노련미를 더하다

인생을 살아가면서 때로는 노련함이 필요할 때가 있다. 노련함이란 삶에서의 많은 경험 속에서 능수능란하고 숙련된 안정감에서 묻어 나오는 슬기로움과 지혜로움이다.

'젊어서 고생은 사서도 한다'라는 말이 이를 뒷받침해 준다.

조금이라도 젊었을 때 이것저것 다양한 경험을 해봄으로써 얻는 값진 소득은 나이가 들었을 때 비로소 실감하게 된다.

'아! 이래서, 그래서, 경험이 중요하구나!'라는 것을 말이다.

그렇게 노련미를 터득하게 되면 삶에 불평과 불만, 두려움과 걱정은 줄어들고 그에 더해 즐겁고 행복해진다. 또한, 느긋함과 여유로움이 묻어나게 되고 평온과 평안한 기분도 느낄 수 있게 된다.

능수능란한 숙련된 노련미를 갖추기 위해선 망설임과 주저함 없이 해보는 실천력이 필요하다. 그 과정에서 배우고, 터득하며 얻는 것이 많다는 사실을 알게 되고 값지다는 것을 몸소 깨우치게 된다.

좋은 것과 싫은 것, 어려운 것과 편한 것을 따져서는 얻을 수 없는 것, 그것이 노련미이다. 노련미는 결과적으로 자신에게 일정 수준의 성공의 맛을 보게 해주기도 한다. 그 혹독한 힘든 과정과 어려움 속에서 일궈낸 것이기 때문에 자부심과 성취감 또한 대단하다.

지금 당신이 가고 있는 그 길을 노련함을 얻을 수 있는 절호의 기회라고 여겨보면 어떠한가? 거기에 놓인 슬기로움과 지혜로움, 그 노련함을 자신의 것으로 만들어가길!

때로는 쉽게 생각을

인간과 동물의 관계보다, 사람과 사람의 관계가 힘이 드는 건 왜일까요? 같은 언어도 쓰는데 말이지요.

그렇지 않은 사람도 있겠지만 '대부분의 많은 이들이 모든 사람과 잘 지내려고 하기 때문이 아닐까' 하는 생각입니다.

모든 사람들과 말이지요.

이게 가능한 일일까요?

당연히 불가능합니다.

처음 만났는데 이유 없이 그냥 싫은 사람도 있습니다.

이유는 잘 모르겠는데 그냥 싫은 사람이 있다는 것입니다.

예전에 만났던 사람 중에 싫었던 사람이 있었는데 그 사람과 생김새나 목소리가, 옷차림과 취미가 비슷하거나 그 무엇 때문에 비슷한 점이 느껴지면, 과거의 그 재수 없었던 사람이 생각이 나서 앞에 있는 그 사람이 이유 없이 싫어지기도 합니다.

살면서 모든 직업을 다 가질 수 없듯이 모든 사람과 친해질 수도 없습니다.

사람은 나름의 호불호를 가지고 있기 때문입니다.

나를 좋아하는 사람과 싫어하는 사람도 엄연히 있을 수밖에 없습니다.

'인생은 선택과 집중이다'라고들 합니다.

사람과의 관계에도 선택과 집중이 필요합니다.

돋보기로 잎사귀에 불을 지피려고 해도 빛을 한 점에 집중해서 모아야 탑니다. 그러니 나를 싫어하는 사람과 일부러 친하게 지내려고 하지도 말고, 나를 좋아하는 사람을 굳이 밀어낼 필요도 없습니다.

그냥 마음이 맞는 사람과 유익한 시간을 보내면 됩니다.

그럼 자연스럽게 나와 통하는 친구들이 늘어나고 나름의 색깔도 생기게 됩니다.

모든 것을 충족시키려는 사람은 사실 어떤 것도 충족시키지 못하는 이 일지도 모릅니다.

모든 이들과 다 친한 사람은 정말 친한 사람이 없다는 것이기도 한 게 아닐까요?

많이 친한 사람보다 한 명의 절친한 친구와 벗이 더 좋고 소중한 것이니 스트레스받지도 말고 자책하지도 말며 그냥 내 마음 가는 대로 사람을 사귀고 즐거운 추억을 만들어가면 됩니다.

그러면 인생이 더욱더 즐거워지고 활력도 생기며 하는 일도 잘 됩니다.

이런 말이 있지요.

'하수는 쉬운 것도 어렵게 만들고, 고수는 어려운 것도 쉽게 만든다.'

가끔은 쉽게 생각하며 살 필요도 있습니다.

● ● ◦

내세우고 우기는 것 VS. 온전히 들어주는 것

살다 보면 무수히 많은 사람들을 만나 대화를 나누
지만 가끔은 소통 부재의 벽에 부딪혀 막막할 때가
있습니다.

그럴 때면 '내가 문제인가?'라는 생각이 들기도 합니다.

그런데 정작 좀 더 살펴보면 무지몽매한 사람과 자신의 고집
과 주장만을 내세우는 헛똑똑이여서 여간 답답하지 않습니다.

무지몽매한 사람이야 몰라서 그렇다 치더라도 어지간히 배운
사람들 중에는 자기 생각만을 고집하며 내세우는 이들도 참 많
은 게 현실입니다.

이런 이들 중에는 온전하게 아는 게 아니라 그저 이해 정도
하는 데도 자신의 똑똑함을 내세우고 주장하는 이가 많습니다.

경험 없이 막연하게 이해하는 것과 온전한 경험을 통해 아는 것과는 천양지차입니다.

'남대문에 문턱이 있다? 없다?'로 다투면 서울에 가보지 않은 사람이 이긴다'라는 말이 있지요. 서울에 한 번이라도 가본 사람은 '내가 혹시 문턱이 있는데 보질 못했나?'라고 생각해 보기도 하지만 가보지 않은 사람은 자기의 생각만을 믿고, 주장하며 고집부린다는 의미입니다.

이처럼 은근히 헛똑똑이인 사람이 의외로 많습니다.

노자의 말씀 중에 '아는 사람은 말이 없고, 말이 많으면 거짓이다'는 말이 있습니다.

혹시라도 위와 같은 상황에 놓이게 되어 답이 나오지 않을 때에는 갑론을박하지 마시고 관조적 시선으로 바라보고 고요한 시선과 마음으로 온전히 들어주세요.

훨씬 사람과의 관계가 수월해질 겁니다.

이기려고 드는 사람보다 들어주는 사람이 더욱 깊고 멋지며 아름답습니다.

내 안의 다중인격

사람은 대체로 다중인격체입니다. 내 안의 인격 중에는 내가 모르는 인격이 있으며 그 어떤 상황적 장면에 직면했을 때 숨어 있다가 나타나게 됩니다.

연기자들의 연기나 신문이나 방송에서 보이는 '저 사람이 저런 사람이었어?'와 같은 상황의 예를 들 수 있겠지요.

우리에게 내재되어 자리 잡고 있는 것들을 끄집어내어 발산하고 표현하는 것이 연기로 나타나는 것입니다.

정치인이나 유명인들의 사건 사고에 나타나는 이면의 모습을 보면 평상시 모습이 아닙니다. 보이는 것이 전부가 아니지요. 결국 누구나 다 다중인격의 면모를 갖추고 있다는 뜻입니다.

그런 다중인격의 실체를 현실에선 좋지 않은 것으로 비추고,

인식하게 하여 나쁜 모습만을 강조합니다. 물론 좋은 모습보다 나쁜 모습들이 각인효과가 더 크게 다가오긴 합니다.

그렇다 치더라도 엄연한 현실 속 우리 마음속에 존재하고 나타내어지는 것임에도, 좋은 인격도 있음에도 불구하고 말입니다. 예를 들어, 외고집이나 꼴통 또는 사차원이나 독불장군 그리고 독특하다고 느끼는 사람들을 보면 의외로 유명인들이 적지 않습니다.

'나는 원래 이런 사람이야'라는 틀에 가두기보다는 또 다른 내 안의 좋은 인격을 발견하여 숨어 있는 가능성을 활용하는 것도 중요합니다. 인간의 무한한 잠재력과 가능성은 내 안의 자아를 발견함과 동시에 더 크게 성장시키려는 노력으로 꽃피울 수 있습니다.

그렇게 되면 삶의 진정한 행복을 느끼실 수 있습니다. 인격 형성은 하기 나름입니다. 내 안의 숨은 좋은 잠재력의 또 다른 인격을 발견하여 잘 활용하시길 바랍니다.

그 어느 날엔 가는

인생이 무엇인지를 알게 되니,
왜 사는지를 알게 되었고.
왜 사는지를 알게 되면,
무엇을 위해 사는 것인지도 이해하며 알게 되었고.
그리고 어떻게 살아야 하는지도 알게 된다.

오만하지 않고 겸손하면.
자신을 찾으며 자신을 잃지 않으면.
사랑을 실천하면.
늘 진지하고 깨어있으면.
쉽지는 않겠지만 언젠가는.

● ● ●

기다림에는

기다림에는 이해와 사랑이 필요하다.

나를 돌아보고 그 대상 또한 생각하는 넓고 깊은 큰 이해의 마음 말이다.

반면 조급함과 성급한 판단으로 인한 오해는 버려야 한다.

전화나 사람을 기다리는 일이나 주문한 음식이나 물건을 기다리는 일, 정성 들인 곡식과 과일 채소를 수확하는 일과 계절을 기다리는 일, 계획했던 여행의 날과 서로의 바쁜 일상에서 오랜만에 약속했던 모임을 기다리는 일, 연인과 기약했던 시간과 끝 모를 가뭄 속 단비를 기다리는 일 등, 이 모두 이해와 사랑 없이는 좋은 결과물로 다가올 수 없다.

기다림에 뒤이어 다가올 기쁘고 즐거우며 행복한 시간과 사람들 그리고 마음 한가득 채워질 충만함을 깊게 볼 줄 아는 여유로움의 지혜가 생기길!

눈물 나게 고맙고 반가운 마음, 이해와 여유 그리고 사랑을 담고 있는 그것,

그것이 기다림이다.

끄트머리

끄트머리에는 '끝과 시작'이 함께 공존한다.

끝이 되는 부분과 일의 실마리라는 뜻이 담겨 있다.

끄트머리를 통해 알 수 있듯이, 끝은 끝이 아니고 또 다른 시작이다.

큰 나무도 씨앗과 가느다란 가지에서 비롯되고, 높은 건물도 작은 돌 하나에서부터 시작된다.

어떤 일이든 마지막까지 처음과 마찬가지로 주의를 기울인다면 그 어떤 일이라도 거뜬히 해낼 수 있다.

시작의 마음은 쉽게 잃어버린다. 그러므로 일어남과 잠듦이 끄트머리이니 하루를 대하며 사는 마음 자세로 매 순간에 임해야 한다.

세 번째 이야기. 삶을 조금 더 풍요롭게 하는 한마디

빛과 그늘

"건축 이야기에는 반드시 빛과 그늘이라는 두 측면이 있습니다. 인생도 마찬가지입니다. 밝은 빛 같은 날들이 있으면 반드시 그 배후에는 그늘 같은 날들이 있게 마련입니다."

건축가 안도 다다오가 책에서 한 말입니다.

자기 삶에서 빛을 구하고자 한다면 먼저 눈앞에 있는 힘겨운 현실이라는 그늘을 제대로 직시하고 그것을 뛰어넘기 위해 용기 있게 전진할 일입니다.

하지만 사람들은 늘 볕이 드는 쪽으로 가야 한다는 강박관념에 시달립니다.

그늘이 있으므로 빛이 살아납니다.

참된 행복은 빛 속에 있지 않습니다. 빛을 향해 가되, 그 과정에서 필연적으로 맞이하는 가혹한 현실에서 포기하지 않고 강인하게 살아남으려고 분투하는 완강함에 세상사는 진정한 맛이 있습니다.

빛과 그늘이 함께하는 것, 그것이 인생입니다.

소중한 지금, 사람, 꿈 그리고 발자취

세월도, 사람도, 지금 이 순간의 시간도 흘러가고 있습니다.

그렇게 흘러간 세월 속 사람과 이 시간은 다시 오지 않습니다.

이미 흘러가 버린 것들이니까요.

그렇게 우리들 인연도 세월의 시간에 따라 흘러갑니다.

한때 무수히 품었던 꿈도 흘러가 버립니다.

우리가 만나는 시간과 사람들의 꿈도 흘러가 버리는 것이 분명합니다.

결국엔 그 사람도, 친구도, 꿈도 없게 되는 것입니다.

어쩌면 우리가 산다는 건 그런 것인지도 모르겠습니다.

아주 짧고 낯설게 가 버리는 세월이지 않을까요?

그렇지만 우리 마음에 남아 있는 것들은 분명히 존재합니다.

내가 주었던 마음, 받았던 온정, 품었던 꿈의 희망, 애썼던 노력의 정신은 세월이 가고 사람도 가지만 그 정신과 마음만은 그 시간과 함께 남아 있는 것.

바로 거기에 우리가 사는 의미가 존재하지 않을까요?

지금 이 순간 우리의 발자취에는 어떤 정신과 마음이 스며들고 있을까요?

소중하고 아름다운 선물과도 같은 그것들을 위해서라도 후회 없이 멋지게 살아 보았으면 합니다.

시간에 담긴 깊은 뜻

주어진 생명의 시간이 얼마인지 우리는 알지 못합니다.

그래서 한 번 태어나서 먹고, 살고 종족만을 남긴 채 소멸하는 허망한 삶이 아니라 그 이상을 넘어선 인간적 삶의 의미가 필요합니다.

그러기 위해선 주어진 시간의 의미를 깊이 이해하는 것이 중요합니다.

시간과 공간의 교차점인 오늘은 지금 이 순간뿐입니다.

그 누구도 예외 없이.

이 얼마나 귀중한 시간입니까?

그래서 이 귀중한 시간을 열심히 진지하게 살아야 합니다.

우리는 한없는 아쉬움과 집착의 어리석음에서 벗어나야 합니다.

그렇지 않고서는 지금 누리고 있는 시간마저도 후회만 남는 쓸모없는 과거의 파편으로 쌓아둘 수 있기 때문입니다.

그래야만 비로소 지금 이 순간의 삶이 더 값지고 의미 있는 것이 될 수 있을 테니까요.

과거에서는 지혜만 얻을 수 있습니다.

과거를 반면교사 삼아 교훈을 얻고 시공간의 교차점인 지금 이 순간에 발을 내디디고 사는 존재임을 늘 기억해야 합니다.

오늘은 우리의 현재가 아닙니다.

바로 이 순간만이 현재일 뿐입니다.

이 순간을 얼마나 자의식을 가지고 깨어 있는 존재로 살아가는가 하는 것이 바로 인생의 의미와 보람을 좌우할 것입니다.

'동물적 삶을 초월하여 인간다운 모습으로 지금 이 순간을 열심히 산다는 것'

이는 가장 귀한 자랑거리가 될 것입니다.

깨어있는 자아를 소유한 존재로서 지금을 깊이 있게 열정적으로 살아갑시다.

늘 감사하는 마음으로 지금을 진지하게 살아가는 우리이길 바라며.

삶의 위기에서 얻는 것, 지혜

우리는 지혜로워지기 위해 책을 읽고 강연을 듣거나 멘토를 찾습니다. 그렇지만 그렇다고 모두가 지혜로워지는 것은 아닙니다.

그렇다면 '지혜'란 무엇일까요?

나이가 들면 저절로 가질 수 있는 것일까요?

아니면 타고난 누구에게만 주어진 것일까요?

아닙니다. '지혜는 삶의 위기에서 얻어진다'고 살면서 알게 되었습니다.

여기에서 위기는 가정의 불화나 경제적 어려움, 뜻하지 않은 홀로서기, 친구나 가까운 이의 죽음, 실패나 재해 같은 부정적 위기뿐만 아니라 결혼과 출산, 취직과 이직, 성공과 성취 등 우리의 일상을 완전히 변화시키는 새로운 사건들도 포함됩니다.

인간의 삶의 태도와 관점을 근본적으로 바꾸는 모든 경험이 바로 삶의 위기인 것입니다.

이런 위기들이 삶의 위기 이전과 이후로 나뉘면서 예전과는 전혀 다른 지혜로운 사람이 되게 만듭니다.

지금껏 익숙해져 있던 삶이나 가치관, 관점을 근본적으로 바꿔버리기 때문입니다.

우리는 대부분 삶을 안정적으로 유지하려 하므로 이런 일이 자주 일어나지는 않지만 단언컨대, 삶의 위기는 모두의 인생에서 일어납니다. 이런 지혜의 얻음은 누구나 가질 수 있으며, 인생의 위기를 만났을 때나 일상 속에서 지혜로움을 연습하고 훈련할 수 있도록 해줍니다.

즉 지혜란, 몇몇 사람에게만 주어진 특수한 능력이 아닙니다. 삶에서 일어나는 일들을 다루는 방식이나 태도입니다.

지혜로운 사람은 삶에서 맞닥뜨리는 무수한 파고를 유연하게 타고 넘습니다. 보다 행복하고 더욱 평화롭게 말입니다.

태어나면서부터 지혜로운 사람은 흔치 않지만, 지혜로움을 얻을 수 있는 길은 분명 존재하고 모두에게 열려 있음을 명심해야 합니다.

삶의 위기에서 얻은 지혜는 그 길의 끝에서 당신을 인생의 주인으로 만들어 줄 것입니다.

정답이 없는 인생 길

언젠가부터 빠른 것, 안락한 것, 편리한 것에 길들어 가는 우리의 모습에서 그 흐름이 과연 좋은 방향으로 흘러가고 있는지 의문이 들 때가 있습니다.

세상은 4차 산업혁명과 AR, VR, 드론, IOT 등의 초연결 시대에 접어들었으며, 관련 뉴스와 서적, 각종 행사 등에서 그렇다고 일제히 외치고 있습니다.

손가락 하나만 까딱하면 뚝딱 다 되는 세상이 과연 인간의 모습을 어떻게 변화시킬지 자못 궁금하기도 하고 한편으론 두려운 마음이 들기도 합니다.

세상은 신속함과 편리함으로 인해 살기 좋아졌지만 정작 그속에서 살아가는 우리의 참모습은 마냥 행복해 보이지 않는 것

같습니다.

미래를 예측하기 힘든 현실에서 과연 올바른 삶, 인간이 궁극적으로 가지고 있는 가치인 행복한 삶을 살기 위해서 어떻게 해야 할까요?

하루가 멀다 하고 변하는 세상과 물질의 변화에는 또 어떻게 대응하고 적응하며 살 것인지요.

변화의 물결을 빠른 속도로 받아들이고 대처하며 사는 것이 당연한 것이 아닌지요.

모든 것은 잘 맞물려 돌아가야 하는 것이 세상 이치이고 보면 그 변화의 속도에 정작 우리 내면의 삶이 그 빠른 현실의 속도에 맞춰 대처하며 살아갈 수 있을지, 그 속에서 나오는 문제점들은 어떻게 받아들이고 대하며 적응해 갈지도 염두에 두었으면 합니다.

정답 없는 세상에서 우리는 그 어떤 명쾌한 해답을 찾기 위해 사는 건 아닌지요.

아울러 빠르게 변화하는 세상의 삶에서 명쾌한 나만의 해답을 찾아가는 것이 각자의 삶이지 싶습니다.

느림도, 빠름도, 변화에의 적응도 다 우리의 삶이니까요.

잘 보고, 잘 듣고, 제대로 말하기

눈과 귀, 그리고 입이 있지만, 눈이 있어도 보지 않고, 귀가 있어도 듣지 않고, 입이 있어도 말하지 않네.

눈이 있어도 보려 하지 않고, 귀가 있어도 들으려 하지 않고, 입이 있어도 말하려 하지 않네.

그렇다고 보이지 않는 것도 아니고, 들리지 않는 것도 아니고, 침묵하는 것이 정답은 아닌데.

내 생각과 말과 행동이, 너의 생각과 말과 행동과 얼마나 차이 나고 다를까?

그렇게도 이해하지 못할 정도일까?

눈은 잘 보라고 있고, 귀는 잘 들으라고 있으며, 말은 제대로 하라고 있는 것일 뿐인데.

왜 그리 힘들어할까 우리는.

슬기로움과 지혜로움 그리고 현명함도 지니고 있는 우리인데.

세 번째 이야기, 삶을 조금 더 풍요롭게 하는 한마디

너무 멀지도, 너무 가깝지도 않게

불가근불가원(不可近不可遠)의 관계

'너무 멀지도 않게 그리고 너무 가깝지도 않게 하라'는 뜻이다.

어느 한쪽이 너무 가까이 다가오면 느슨해지고, 어느 한쪽이 너무 멀리 달아나면 끊어지게 된다.

순수한 인간적인 관계 외에 일과 관련된 사회적인 관계에선 어느 정도 팽팽함의 긴장감을 유지하고 있을 때 최적의 상태가 된다.

따라서 좋은 사회적인 관계를 위해서는 서로 간에 적절한 거리를 유지하는 것이 중요하다.

사회적인 관계는 모닥불이나 난로처럼 너무 가깝지도 그리고 너무 멀지도 않아야 한다.

과거 어느 시대에나 그리고 앞으로도 정경유착이 없어지지는 않을 것이다.

비단 정치권과 대기업만의 일이 아니고 우리의 생활 전반에 유착 관계는 엄연하게 존재하고 있다. 유착의 가장 큰 병폐가 바로 불가근불가원 하지 못한 데서 터져 나오는 좋지 못한 결과물이 아니겠는가.

뉴스에 나오는 그들을 볼 때면 그렇게 하지 못한 결과의 대가를 치르고 있음에, 그리하여 어리석은 그들의 말로를 보며 나와 주변 그리고 살아가는 삶의 방법이나 모습을 다시금 생각해 보게 된다.

과유불급(過猶不及)인 중용의 삶을 다시 돌아보며.

사람을 보는 눈과 마음

사람을 보는 눈과 마음인 지인지감(知人知鑑)은 사람의 됨됨이를 볼 줄 아는 능력이다. 미래에 이 사람이 훌륭한 사람이 될 것인지 아니면 쓸모없는 사람이 될지를 정확히 파악해 내는 능력을 말한다.

대통령을, 배우자를, 파트너를 선택하고, 함께할 동료를, 오래도록 지란지교(芝蘭之交)를 나눌 친구나 벗을 선택하는 등 삶에 있어 선택할 일들은 수없이 많다.

그런 가운데 지인지감의 안목은 단순하게 얻어지는 것이 아니기에 지식인들이나 학자들도 오판을 많이 한다.

지인지감의 안목을 키우고 얻기 위해서는 어느 정도의 노력과 세상과 자연을 볼 줄 알고, 사람과 삶의 전체를 이해하고 아는 통찰이 필요하다.

인연의 마음

삶에 있어 인연은 생각지도 않게 언제 어디서건 뜻밖에 찾아온다.

그런 인연은 기나긴 기다림의 끝에 꼭 필요한 사람에게 꼭 필요로 할 때 그 어떤 행운으로 운명처럼 찾아온다.

그리고 그와 나는 필연이 된다.

만나게 되는 사람은 언젠가는 반드시 만나게 되어 있다.

그것이 인연이다.

그중에 정말 좋은 인연은 삶과 사람을 사랑하고 귀히 여기는 마음이 있을 때 불현듯 언제 어디서 어떤 식으로 보석처럼 나타나고 보물처럼 찾아온다.

그래서 항상 마음을 온전한 사랑으로 채워 놓아야 하는 이유이다.

　맑고 깨끗한 인연은 보배로운 마음과 사랑이 함께 할 때 내
곁에 다가온다는 사실만 기억하자.

● ● ● ●

침묵은 금이다

'침묵은 금이다.'

이 말은 과묵한 사람이 돼라는 뜻이 아니다.

다른 이의 의견을 잘 경청하는 그런 사람이 되라는 의미이다.

'경청을 잘하면 당신의 귀는 당신을 곤란에 빠뜨리진 않는다.'라는 말이 있다.

침묵은 인내와 함께 깊어져 경청의 힘 또한 길러준다.

침묵 속 경청의 힘을 기르면 놀라운 인내력과 집중력에 직관력까지 길러진다.

귀를 기울여 듣는 것에서 그치는 것이 아니라 상대방이 전달하고자 하는 말의 핵심과 그 내면에 깔린 본질까지도 이해하는 것이어야 한다.

물론 다른 사람들의 말을 무조건 받아들이는 것이 아니라 좋은 의견과 나쁜 의견을 잘 새겨들어 받아들이고, 그것이 왜 좋고 나쁜 의견인지 발안자와 의견을 듣는 자신도 이해할 수 있는 것, 그것이야말로 진정한 경청의 자세이다.

좀 더 나은 나를 위해 필요한 것들

● ● ● ●

사려 깊어질 때

이 세상 모든 것에는 적당한 때가 있는 것 같다.
어두울 때가 있으면 빛이 비칠 때가 있으며,
거친 바람이 불 때가 있으면 잔잔할 때도 오고,
비바람이 몰아쳐도 결국엔 맑은 하늘이 드러난다.
고생할 때가 있으면 쉴 때도 있다.
밤이 깊어 가면 곧 새벽이 올 것을 안다.
그러니 지금의 괴로움이 영원할 것으로 생각하지 않아야 한다.
외로움과 고독을 어떻게 받아들이느냐에 따라 한 사람의 삶
에 생각의 사고, 깊이와 통찰을 가져다준다.
인간은 누구나 다 외롭고 고독한 존재다.
그런데도 그 순간을 잘 활용한다면 더욱 깊고 깊은 사려의 마

음을 갖게 된다.

　외로움과 고독이 찾아올 때, 그 순간이 삶에 있어 가장 사려
깊어질 때가 아닐는지.

유덕한 사람이 되지 못하더라도

유덕한 사람이라 하면 덕과 덕망이 있어 그를 따르는 사람이 많다는 뜻이다.

보는 데 있어서 똑똑히 볼 것을,

듣는 데 있어서 틀림없이 들을 것을,

얼굴빛은 따뜻하고 부드러우며 온화해야 할 것을,

몸가짐은 바르고 흐트러짐 없어야 할 것을,

말하는 데는 때와 장소, 사람과 분위기에 따라 달리 사용할 것을,

믿지 못할 것이 있으면 물어볼 것을,

일에서는 정성 들여야 할 것을,

화가 날 일이 있을 때는 근심하고 어려운 일이 생길 것을,

얻는 것이 있을 때는 당연한지 아닌지를 생각해야 한다.

또한 눈으로는 타인의 흠을 보지 말고, 귀로는 타인의 허물을 듣지 말며, 입으로는 다른 사람의 약점을 말하지 않아야 한다.

딱히 유덕한 사람이 되지 못하더라도 익혀두고 새겨두면 좋지 않을까.

그냥 괜찮은 사람이나 좋은 사람으로 남더라도 말이다.

● ● ● ●

집중하고 음미하며

하루의 일과를 시작하고 진행하며 마무리하는 과정에서의 집중과 깊은 음미.

이는 하루하루를 살아가는 우리의 삶에 있어, 살아 있음의 소중함과 일할 수 있음의 즐거움 그리고 그 속에서 부대끼며 사는 여러 모습에서 살아간다는 것의 진정함을 일깨워 준다.

그 긴 시간 속에서 집중하지 않고 음미하지 못하며 정신없이 바쁘게만 살아가다 보면 놓치기에 십상인 살아감 속의 지혜도 있다.

현재에 집중하고 전체를 음미하며 살아갈 줄 아는 사람일수록 즐겁고 여유로운 행복한 삶을 살아간다.

살아감 속의 음미에는 그 어떤 보물보다도 귀한 혜안과 통찰의 깊은 뜻이 숨겨져 있음에.

　집중하여 음미하며 산다는 것은 맛있게 식사하는 것과 같이 인생 전반을 맛나게 잘 살아가는 비결이다.

그리움의 끝자락에서

아주 오래전 나는 언제나 배가 고팠었다.

그러나 배고픔보다 견딜 수 없었던 것은 외로움이었고,

외로움보다 더 견딜 수 없었던 것은 그리움이었다.

사무치게 목 놓아 울고 싶었으며,

갈빗대가 뒤틀리는 세찬 복받침에 활화산처럼 심장이 폭발할 듯 아팠다.

터질 듯한 울분으로 남에게 시비를 걸어 싸움질도 자주 했었다.

온몸에 멍 자국과 상처도 많았지만, 마음속 그 무엇은 좀처럼 가시질 않았다.

결국엔 하지 말아야 할 나쁜 생각을 해버렸다. 떠나고 싶었다.

이 세상 끝의 끝으로….

며칠간의 혼수상태에서 깨어난 후 문득 떠오른 말이 있었다.

"죽고자 하면 살 것이오, 살고자 하면 죽을 것이다."

이 말을 몇 번이고 되뇌며 '그래 나보다 힘들고 어려운 이들도 다 사는데 나라고 평생 이렇게 살지는 않겠지'라는 생각이 들었다.

그런 긍정의 희망과 용기 그리고 사랑으로 인해 예전의 나는 죽었다.

그리고 나는 염세주의자에서 긍정주의자로 다시 태어났다.

● ● ●

내 몸과 마음에

가끔 내 몸과 마음에 미안할 때가 있습니다.

내 몸과 마음을 내 마음대로 사용하는데 무슨 미안함을 느끼냐고 할 수도 있습니다.

그러나 내 몸이라고 내 마음이라고 허투루 사용한다면 내 몸과 마음을 병들게 하는 것이고, 궁극에는 제어하기 힘든 상태의 몸과 마음이 되고 맙니다.

내 몸과 마음은 그 누구의 것도 아닙니다.

잠시 빌려 쓰는 것입니다.

그리고 온전하게 되돌려 주어야 하는 의무가 우리에겐 있습니다.

건강한 몸에 건강한 정신이 깃듭니다.

공짜로 누려왔던 인생의 굴곡진 시간과 함께한 내 몸과 마음
에 고마움과 미안한 마음을 전합니다.

목표 설정의 복기

사람이라면 누구에게나 그 어떤 목표가 있습니다.

그렇지만 그런 목표도 가끔은 바쁘고 힘든 일상 속에 부딪히며 살다 보면 잊기도 합니다.

목표를 잃어버렸을 땐 급격하게 피곤함과 의욕저하와 더불어 삶의 무력감도 느끼게 됩니다.

그래서 가끔 목표한 그 일을 왜 하는지 초심도 생각해 보아야 합니다.

그래야 잊어버리지 않게 되고 잊지 않게 됩니다.

목표 설정의 굳센 마음 또한 복기하면 피곤함과 의욕저하의 마음이 들지 않게 됩니다.

목표를 세우고 내 삶에 그 어떤 변화를 반드시 불러오겠다고 수시로 점검해 보길 권합니다.

　그러면 목표한 그것은 알아서 찾아올 것입니다.

　마음속에 목표가 있다고 인지하고 각인되어 있다면 힘들고
지칠 때도 힘이 납니다.

　그리고 그 힘으로 살아가면 됩니다.

　복기를 습관화하면 늘 몸과 마음의 에너지가 충만해집니다.

나만의 꿈을 향한 속도와 믿음

한 걸음 한 걸음,
뚜벅뚜벅,
천천히 그리고 묵묵히,
느리더라도 나의 보폭으로 꾸준히 가다 보면 닿을 그곳.
언젠가는 반드시 다다른다.
생각하고 꿈꾸는 그것과 그곳에.

시작은 설렘, 그리고 두려움과 함께

무엇인가 그 어떤 것이든 시작한다는 것은 나에게는 늘 설레고 두려운 일이었다.

비로소 그 일을 하기 시작했다는 기쁨도 있지만, '그 일을 무사히 마칠 수 있을까?' 하는 두려운 마음도 어김없이 들었다.

'시작이 곧 반'이라는 말은 그만큼 어렵다는 뜻이리라.

그리고 시작했으면 반드시 마쳐야 한다.

어떤 고난과 시련이 앞길을 가로막더라도 시작했으면 부지런히 가야 하고 또 말끔하게 마무리를 지어야 한다.

그것이 나에게 남겨진 몫이다.

그렇다고 너무 두려워할 건 없다.

시작했다는 건 마칠 힘도 분명 나에게 있다는 뜻이니까.

지속하고자 단단히 마음먹고 시작하고 깔끔하게 마무리 짓는 삶을 살아가길.

네 번째 이야기, 좀 더 나은 나를 위해 필요한 것들

습관에는 체취가 남는다

사람은 누구나 자기만의 습관이 있습니다.

좋은 습관도 있고, 좋지 않은 습관도 지니고 있습니다.

그런 습관에는 체취가 묻어납니다.

체취에도 좋은 체취와 좋지 않은 것이 겠지요.

체취라 하면 그 사람 고유의 특유한 느낌도 포함됩니다.

'당신이 머물다간 자리는 아름답습니다'라는 문구에서 보더라도 체취는 보이지 않는 강력한 각인 효과를 지니고 있습니다. 어떻게 보면 가시지 않고 오래도록 남아있는 여운의 운치도 담고 있는 듯도 하고요.

반면 좋지 않은 습관에서 풍기는 것이 악취에 가깝습니다.

더불어 사용하는 것들에서 나오는 다른 사람을 배려하지 않는 좋지 않은 습관들로 불쾌감을 남기는 체취가 그것입니다.

좋은 습관과 좋지 않은 습관을 인지하여 좋은 것은 유지하고 좋지 않은 것은 버려서 나만의 좋은 습관을 생활화할 수 있다면 운명을 좌우하게 할 수도 있습니다.

그런 지적 생활 습관으로 인해 그 사람이 생각나는 체취의 좋은 영향의 향기를 남기는 사람으로 기억된다면 얼마나 좋은지요.

습관은 반복입니다.

그 습관을 제어하고 통제할 수 있는 것은 나 자신입니다.

당신이 머물다간 자리가 좋은 습관의 그윽함과 은은한 향기로 여운처럼 남았으면 좋겠습니다.

인생의 여로

세월 따라 인생은 덧없이 흐릅니다.

세월 따라 흘러가는 게 우리네 인생입니다.

누구에게나 '이게 뭐냐고, 이렇게밖에 살 수 없냐'고 가끔은 삶의 막다른 골목에 다다라서 그렇게 외친 적이 있습니다.

계획대로 되지 않는 일이 더 많고, 내일 일을 보장받을 수 없으며, 밤을 새워 고민한다고 해서 해결되지 않는 문제가 더 많은 게 우리네 인생입니다.

운명은 각자가 마땅히 받아야 하는 자기의 몫입니다.

운명의 신은 어떤 이에게는 후하게 한 몫을 주고 어떤 이에게는 박한 몫을 줄 수도 있습니다.

내 몫이 남의 몫보다 적다고, 또는 나쁘다고 불평할 수도 있습니다.

각자가 받아야 하는 운명의 몫이 공평하지 않은 것은 사실입니다.

이것은 인간으로서 어떻게 할 도리가 없는 것입니다.

자기의 몫을 순순히 받아들일 수밖에 없습니다.

자기의 몫을 살펴보고 좋은 것이 있으면 고맙게 생각하는 것이 인생의 여로이기 때문입니다.

세상에서 단 한 번뿐인 자신의 삶을 받았기 때문입니다.

내 책임과 내 계획에 따라 살아갈 수밖에 없는 삶이기 때문입니다.

그래서 인생에서 제일 중요한 것은 자기의 삶을 깊이 사랑하는 것입니다.

삶은 좋든, 싫든 간에 내가 가야 할 길이기에 언제나 당당해야 합니다.

그것이야말로 내 삶에 감사하는 마음입니다.

네 번째 이야기. 좀 더 나은 나를 위해 필요한 것들

지금부터 다시 시작

사람은 살다 보면 사람의 능력 범위 안의 그 어떤 부분은 어느 정도 가늠할 수가 있습니다.

살아보면 그런 능력이 만들어져 각각의 추측이나 예측 가능한 수준에 이릅니다.

그렇다고 인간의 능력 범위 밖이야 불가능하지만, 세상사 속인간의 범주 안에서는 어지간하면 미래에 대해 추측과 예측을할 수 있습니다.

예를 들어, 자신의 살아가는 방식이 삶이 힘들다는 핑계로 미래의 기약도 없는 그저 그런 삶이거나, 결혼은 했지만 가정을등한시한다거나, 중요한 일이나 시험을 앞두고도 열심히 해야함에도 적당히 대충 한다거나, 열심히 벌어 미래를 생각해 아끼고 저축하기는 고사하고 버는 족족 써버린다면 결국 밝은 미래는 보장되지 않겠지요.

누군들 부자들처럼 틈만 나면 여행을 다니며 고급 호텔에 머물거나 명품을 사고 외제 차를 타고 다니며 품위 있고 격조 있게 살고픈 마음 없겠는지요. 한 번뿐인 인생인데 말입니다.

그렇다면 바라만 보지 말고 노력해 보세요.

지금이라도 늦지 않았습니다.

한 편의 드라마나 영화를 완성하기 위해 얼마나 많이 노력하는지, 스포츠에서도 우승을 하기 위해 또한 얼마나 애쓰는지를 보면 알 수 있습니다. 꼭 그렇지는 않더라도 어느 적정한 삶을 영위하며 사는 수준에는 다다를 겁니다. 흥청망청 낭비와 변명이나 핑계로 흔들리다 귀한 세월을 다 흘려보내고 맙니다.

결국엔 실패하고 원망하고 남 탓 세상 탓으로 이어지겠지요.

지금부터라도 많이 보고, 듣고, 배우며 열심히 철저하게 준비한다면 분명 자신이 바라던 그곳 어딘가에서 웃으며 즐겁고 행복하게 살고 있는 나를 발견하리라 믿습니다.

인생은 두 번 오지 않습니다.

어제도, 오늘도, 내일도 다시 오지 않습니다.

그러나 오지 않을 그 꿈꾸는 미래가 언젠가는 오리라는 것을 알기에, 그래서 열심히 살아갈 수 있기에, 희망이 있기에 지금부터 다시 시작합시다.

네 번째 이야기, 좀 더 나은 나를 위해 필요한 것들

마음과 정신에도 건강검진을

가끔은 타인의 눈으로 나를 보고, 나의 눈으로 타인을 관찰하듯 바라본다.

그런 나의 모습에서 어리석음과 현명함 그리고 드러나지 않은 부분까지 찾아내어 생각해 본다. 미흡하고 부족한 점은 없는지, 만약 있다면 언행일치의 마음가짐으로 살펴본다.

자기 절제와 통제 능력의 여부.

주변의 사람들에 상관없음의 꾸준함과 성실함.

어떤 사람들과 만나고 어울리며 말과 행동은 일치하는지.

용기와 끈기, 의지와 지조는 지녔는지.

즐겨 하는 것과 임기응변의 기지도 가졌는지.

올곧음과 청렴성도 반듯한지.

일과 사람을 대하는 자세는 어떠한지.

나쁜 버릇이나 취향은 없는지도 살펴본다.

'내가 알고 있는 나'와 '다른 이가 바라보는 나'와는 차이가 있다.

그러므로 인간관계에서 발동하는 심리적인 요소들에 반응하는 나를 살펴보면서, 객관적 본연의 모습이 변질되지 않았는지 살펴보아야 한다.

마음과 정신도 가끔 정기적인 건강검진이 필요하다.

인생에서의 의미와 목적 찾기

'나는 누구인가?'

'나는 무엇인가?'

'나는 어디에서 왔고 어디로 가는가?'

'사람이란 무엇인가?'

'나는 무엇을 하러 왔고 무엇을 하기 위해 사는가?'

'산다는 건 무엇인가?'

'왜 사는가?'

'내 삶의 목적과 의미는 무엇인가?'

'어떻게 살 것인가?'

'진정한 삶은 무엇인가?'

'가족, 친구, 우정, 의리, 정, 사랑이란 무엇인가?'

오래전부터 되새겨 왔던 화두이다.

이렇듯 수없이 많은 질문을 나 자신에게 던지며 답을 구하고 오늘도 내일도 그렇게 살아간다.

삶과 인생의 의미를 갈망하며, 사랑하며 사는 한 인간으로서.

지혜로움

시이불견(視而不見) 청이불문(聽而不聞)

'보지만 보지 못하고, 듣지만 듣지 못한다'라는 의미입니다.

우리는 엄청난 정보의 홍수 속에 살고 있습니다.

매일매일 쏟아지는 수많은 뉴스와 정보 속에 진실은 과연 얼마나 될지, 또한 어디까지 믿어야 할지 난감할 때가 많은 혼돈의 세상에 살고 있습니다.

이럴수록 더욱더 차분하고 냉정하게 살펴야 하지 않을까요?

오늘도 많은 일과의 하루가 어김없이 우리를 맞이합니다.

제대로 보고, 제대로 듣고, 제대로 걸러내야 할 것이 많습니다.

그래서 늘 깨어 있기를 소망합니다!

정성 어린 마음가짐

모두가 잘 아는 사실이 하나 있다.

세상에서 가장 맛있는 음식은 바로 '어머니가 차려 주신 밥상'이라는 것이다.

어머니의 밥상은 그 어떤 유능한 셰프의 천하 일품 요리보다도 맛이 있다.

그것은 오롯한 사랑과 정성이 담겨 있기 때문이다.

지금 하는 일들이나 사람을 만나 대하는 일 모두에 이와 같은 정성을 기울여보라.

분명 최고의 결과와 성과를 맛볼 수 있을 것이다.

정성은 온 마음을 다한 참되고 성실한 마음이다.

이는 내가 만들 수 있고 가꾸어 나갈 수 있는 돈을 들이지 않고 최고가 될 수 있는 무형의 자질 중 으뜸이라 하겠다.

정성을 다하는 마음으로 노력하며 산다면 내일의 삶은 더 밝을 것이라 굳게 믿는다.

정성을 들이지 않고 맺는 참된 결실은 그 어디에도 없다.

틈과 사이 벌어진 간격

인간은.

　나와 가족, 마주한 나와 당신, 마음과 마음, 사랑과 이별, 계절과 계절, 건물과 건물, 점과 선, 글자와 글자, 하늘과 땅, 국경과 국경, 지위 고하, 갑과 을, 많음과 적음, 계층과 계층, 부와 빈곤, 삶과 죽음, 무표정과 웃음, 공감과 반감, 이해와 앎, 행복과 불행 등의 많은 틈과 사이의 간격 속에서 구구절절한 희로애락의 삶을 살아가고 있다.

　틈에서 시작해 벌어진 사이의 그 간격들.

　그렇지만 그 벌어진 틈을 이해로써 메우고, 그 넓어진 사이만큼 배려로서 포용하여 그 간격 모두를 사랑으로 품어 좁혀나갈 수 있는 삶을 살아갈 수 있다면 더할 나위 없이 그것으로 충분하리라.

  또한 이 모든 것은 내가 하기 나름임을 알기에 오늘도 많이 품을 수 있는 날이 되기를.

미지로의 여행

새해가 되면 많은 사람들이 설렘과 희망의 마음으로 새로운 시작을 꿈꾸고 또한 두려워도 한다.

단지 사회에 첫걸음을 내딛는 사회 초년생들이나 이직하는 직장인들에게만 해당하는 이야기는 아닐 것이다.

입학을 앞둔 아이들도 낯설고 어색한 환경에 적응할 생각에 겁을 먹곤 한다.

하지만 한 달이나 일 년이 지나게 되면, 어느새 쭈뼛거리던 아이들은 한껏 의젓해지고 서먹서먹하던 아이들도 어느새 둘도 없는 친구가 되어 있다.

삶은 한 번도 가지 못한 새로운 곳을 향하는 것이 마치 미지 (未知)로의 여행과도 비슷하다.

이왕 떠나는 여행이라면, 두려운 마음보다는 좀 더 두근두근 설레는 마음과 기대감으로 떠나는 것이 좋지 않을까?

그래서 말인데 어제보다 오늘이 더 찬란하고 두근거리는 여행이 되길 바란다.

말의 힘

'말은 마음의 소리다.'

이런 말이 있을 정도로 말의 중요성은 아무리 강조해도 지나치지 않습니다.

애초부터 보이지도 않는 말을 왜 우리는 이토록 중요하게 생각하게 되었을까요?

말에는 에너지가 있습니다.

우리를 변화시키는 에너지가 말입니다.

내가 어떤 환경에서 어떤 말을 듣는지도 중요하지만, 반대로 내가 하는 말도 중요합니다.

내가 하는 말은 상대방뿐만 아니라 나 자신도 듣고 있기 때문입니다.

페럴림픽 6전 5기의 사나이, 신의현 선수는 "금메달을 따서 꼭 시상식장에 애국가가 울려 퍼지게 하겠다"라고 자기 자신과 약속하였고 매번 죽을 힘을 다해 달렸다고 합니다.

또한, '전쟁터에 나간 심정으로 이거 아니면 죽는다는 각오로 뛰었다'고 합니다.

그가 그렇게 승리할 수 있었던 이유 중 하나는 말에서 긍정의 에너지를 얻었기 때문이 아닐까요? 그런 말을 자신에게 들려줌으로써 에너지를 얻고 실제로 해낼 수 있었던 것이 아닐까 합니다.

말이란 어떻게 어떤 방법으로 어디서, 누구에게 무엇을 위해 어떻게 쓰느냐에 따라 결과물은 천양지차로 다가옵니다.

좋은 말, 고운 말, 힘이 되는 말을 써야 하는 명확한 이유이기도 합니다.

● ● ●

지지와 격려의 힘

나를 알고 있거나, 인연이 닿아 있거나, 소통하고 있는 분들은 느끼며 알고 있는 것이 있습니다.

바로 늘 지지와 격려를 아끼지 않는 저의 마음을 말이지요.

나이와 성별, 지위 고하, 능력이나 재력, 권력을 막론하고 사람을 대함에 있어 항상 꾸준하고 동등하게 대하려 노력하고 있습니다.

그래야만 인위적이거나 가식적이지 않고 공평성과 일관성을 유지하여 상대가 믿음과 신뢰를 가질 수 있게 하고 그것을 바탕으로 그 관계는 한층 더 성숙한 관계, 지속적인 발전 관계로 나아가게 됨을 알기 때문입니다.

지지와 격려에는 당신이 정말 잘 되기를 바라는 마음과 즐겁고 행복하였으면 좋겠다는 바람이 가득 담겨 있습니다.

또한, 진실한 마음과 사랑하는 마음이 동반됩니다.

이러한 지지와 격려는 받는 사람은 희망과 용기를 얻고, 사랑을 느낄 것이며, 보낸 이의 마음을 따뜻하게 느끼게 될 것입니다.

누군가가 나에게 지지와 격려를 보낸다는 것은 아름답고 사랑스러운 일입니다.

지지와 격려는 받는 사람에게 정말 큰 힘이 됩니다.

더불어 보내는 이도 기쁘고 행복한 마음이 됩니다.

이번 기회에 당신을 아는, 당신이 아는 주변의 누군가에게 지지와 격려를 전해보세요.

작은 시도는 작은 변화를 일으키고 결국 큰 변화로도 이어지게 됩니다.

지지와 격려는 당신을 향한 사랑의 마음입니다.

이런 마음으로 지지와 격려를 보냅니다.

'당신을 늘 먼발치에서 응원합니다.'

'지금의 당신도 훌륭하지만 앞으로도 더욱더 잘 되리라 믿어 의심치 않습니다.'

긍정적 사고

우리의 삶은 늘 순탄할 수만은 없습니다.

고생도 하고, 역경도 만나지요.

그때마다 이겨 낼 힘을 기르고, 인내하며 극복해 냅니다.

젊어서 고생은 사서도 한다고 합니다.

어려움을 딛고 일어선 사람이 크게 되며, 아픔과 고통을 겪어 본 사람이 성공한다고 해서 일부러 아픔의 쓴잔을 마시거나 고통의 불 속으로 들어가는 사람은 없겠지요.

결국 고통에서 벗어날 제일 나은 방법은 긍정적 사고와 마음 가짐입니다.

어렵고 힘든 처지에 처했을 때, '용기를 갖고, 기운을 차리라'는 주위의 말은 '포기하지 말고, 새롭게 나아가라'는 뜻일 겁니다.

그렇게 이겨냄의 방법들이 내면에 축적되면 자신만의 삶에 대한 노하우가 생기게 되고, 삶에서의 승자가 될 수 있습니다.

인간은 누구든지 언제든지 나약해질 수도, 절망의 나락으로 떨어질 수도 있습니다.

그럴 때일수록 긍정적이고 희망적인 생각을 하려 노력해야 하는 이유는 명확합니다.

부정적인 사람은 생각의 끝에서 절망을 선택하며, 긍정의 시각을 가진 이는 생각의 끝에서 희망으로 방향을 바꿉니다.

힘들고 불행하다 여기고 우울하여 모든 것을 다 놓아버리고 싶을 때도 있겠지만, 그럴 때 긍정적으로 생각해야 하는 이유는 그러한 일들이 다시 일어서게 하고, 쓰러지려는 자신을 일어서게 할 수 있기 때문입니다.

긍정적 사고와 마음이야말로 삶에서 승자가 되는 비결입니다.

나의 바람과 소원

부디,

몸과 마음이 고달프고 아프지 않았으면.

모두 다투고 싸우지 않았으면.

가슴 시리고 슬픈 사건, 사고가 없었으면.

그 무엇 때문에 눈물 흘리지 않았으면.

그저 늘 무사태평하게 평화로웠으면.

가진 것을 베풀고 나눌 수 있었으면.

빈곤으로 고통받고 굶주리지 않았으면.

사람으로 인해 상처받지 않았으면.

그 어떤 일들로 기쁘고 즐거웠으면.

그래서 웃으며 행복하였으면.

내가 아는 이 모두가 뜻한 바 모두를 이루었으면.

아울러 나로 인해 단 한 사람이라도 긍정의 힘을 얻어 새로운 삶을 살 수 있기를.

부디 사는 맛을 느낄 수 있는 세상이기를.

또한, 그런 세상에서 오래도록 서로서로 너나들이하며 살아 가기를.

그리하여 살아가는 우리의 삶에 사랑과 행복이 넘쳐나기를 소망합니다.

내 안의 든든한 서재

내 안에는 든든한 내면의 서재가 있습니다.

그 서재에는 그립고 아련한 추억이 있으며, 애틋하고 눈물겨운 풋사랑과 진한 사랑도 들어 있지요. 사고와 사색, 운치의 서정적 시간도, 시대의 아픔과 회한 그리고 통한과 분노도 담겨 있습니다. 순간순간의 기쁨과 슬픔 그리고 불행과 행복도, 깊고 넓은 철학적 사고도, 뒤늦은 깨달음과 성찰도 있습니다.

이렇듯 내면의 서재는 살아가는 동안 유익하고 알찬 자료로 충만하여 순간순간, 그때그때, 언제든지 끄집어내어 올바른 생각과 판단을 할 수 있도록 도와주는 비밀의 창고입니다.

학창시절, 집과 학교에서 배운 것들 그동안 읽고 보았던 책, 삶에서의 여러 경험들과 만나고 헤어지는 사람들과의 관계에서의 일, 고전과 역사에서의 교훈 등 다양한 내용의 자료가 있습니다.

그래서인지 마음과 생각이 늘 든든하여 어떤 힘든 일이나 어려움도 거뜬히 이겨내는 내공도 생기더이다.

당신의 마음에도 '본연의 깊이가 느껴지는 내면의 서재'를 아름답고 든든하게 가꿔보면 어떨는지요.

내게 필요하지 않다고, 내 취향과 맞지 않는다고, 귀찮고 머리 아프다고 보지 않고 듣지 않으면 시야는 좁아지고 생각은 아둔해집니다.

내가 볼 수 있는 것만 보며 세상을 다 보고 아는 것으로 착각하며 살지 않으려면 말입니다.

감사하는 마음 갖기

삶은 반복됩니다.

그런 생활 속에서 많은 사람들이 습관적으로 불평만 늘어놓고 감사하는 일에는 소홀히 하며 살아가는 게 현실입니다.

그러나 알아야 합니다.

평범한 삶 속에서 우러나오는 감사의 마음은 삶을 아름답고 풍요롭게 가꾸어 주는 밑거름이 된다는 사실을 말입니다.

감사하는 마음은 더욱 강하게 만들고 미래에 다가올 행복을 더욱 크게 만들어 줍니다.

먼저 웃고, 먼저 감사하며 살아가길 바랍니다.

그것만으로도 삶이 행복해질 수 있습니다.

좋은 일을 반복하면 좋은 삶을, 나쁜 일을 반복하면 불행한 삶을 살 수밖에 없다는 것을 아셨으면 좋겠습니다.

좋은 생각과 마음은 내 안의 그것으로부터 시작됩니다.

내 마음속에서

불문곡직(不問曲直) 그런 사람.

부담 없고 편해서 속내 다 끄집어내어 개인사나 세상사도 스스럼없이 얘기할 수 있고,

같이 술 한 잔, 차 한 잔도 하고 밥도 먹으며 하얀 이 내보이며 환하게 웃어 보일 수 있는 그런 맘 편한 사람.

그 사람이 너이고 나이기를.

수많은 사람들 중에 당신에겐 이런 사람이 단 한 명이라도 있는지요?

없다면 오늘이라도 당장 그런 사람을 곁에 두시길 소망합니다.

잘 살펴보고 '아! 저 사람이라면?' 하는 느낌표가 떠오르는 이에게 진심을 나눠보세요.

나이, 성별, 학력, 경제력, 지위 고하 불문곡직하고 만나 줄 사람이라면.

그 사람은 늘 당신 곁에 있을 친구이자 멘토가 되어 줄 것입니다.

당신 또한 누군가에게 그러한 이가 되어주길!

사심 없는 바라봄

사람을 바라보았다.
  꽃과 나무를 바라보았다.
  그런 나는 행복해졌다.
  사람을 바라본다.
  꽃과 나무를 바라본다.
  그런 나는 행복하다.
  어느 햇볕 따뜻한 봄날에 문득.

웃음의 복주머니

사람에게서 소중한 보물 중 하나는 웃음입니다.

웃음에는 건강이 담겨 있습니다.

기쁠 때 몸 안팎으로 드러나는 가장 큰 행동 또한 웃음입니다.

그런 우리의 마음속에는 늘 함께하는 '웃음의 복 주머니'가 있습니다.

이것은 오직 나만이 꺼내고 다시 넣을 수 있습니다.

지금 기쁘지 않고 즐겁지 않으며 행복하지 않다면, 자신도 모르게 그 웃음을 꺼내는 일을 잊어버리진 않았는지 살펴보세요.

웃음은 모두를 위한 것이고 그로 인한 기쁨이 바로 행복입니다.

행복은 누가 만들어 주는 것이 아닙니다.

바로 나 자신이 만드는 것입니다.

마음속 웃음의 보약을 꺼내어 보세요!

밝고 환한, 기쁘고 즐거운 행복이 느껴질 것입니다.

지금 당장 조금 힘들고 어렵더라도 즐겁고 행복한 시간은 반드시 찾아오리라는 믿음으로.

오늘도 즐겁게 웃으며 파이팅!

웃으면 웃을수록 복도 함께 옵니다.

네 번째 이야기, 좀 더 나은 나를 위해 필요한 것들

자비와 깨달음 속 나

불교의 가르침 중 '자비와 깨달음'이 있다.

자비는 타인을 깊이 사랑하는 마음이며, 깨달음은 자신의 마음을 잘 다스려 공부하고, 실천하며 수행을 통해서 생로병사의 근본과 삶의 진리를 찾는 것이라 하겠다.

그리하여 나를 찾고 나를 알고 깨달아 실천하는 마음, 그곳에 참다운 나가 있다.

자비와 깨달음 속 참 의미를 찾기 위해 고뇌와 번뇌를 반복하며.

정감 있는 삶

하루하루 이리저리 휩쓸리며 둔탁해져 가는 몸과 마음을 일깨우면서 자기 일을 성실하게 해나가는 사람.

아무리 바빠도 이웃이 어떻게 사는지 한 번쯤 주위를 둘러보며 사는 사람.

바쁜 시간을 쪼개어 영화나 연극 공연도 보고, 여행도 가며 책도 자주 읽는 사람.

자신의 삶을 되돌아볼 줄 알며, 더 나아가 타인의 삶까지 윤택하게 가꾸어 나가는 사람.

이런 사람이 진정 우리에게 필요하고 소중합니다.

주변에 이런 사람이 있다면 삶은 정녕 풍요롭지 않을까 생각합니다.

정감은 마음과 마음을 이어주는 다리입니다.

바쁘게 살아가는 요즘, 가장 소중한 것은 갖고 싶은 물건보다 사람이 아닐까요?

내면의 풍요함을 귀중하게 여기는 사람은 온갖 호사스러운 물건보다, 자신에게 편리한 물건보다 자기 주변의 사람을 더 소중히 여깁니다.

나 또한 그러한 삶을 살길 바랍니다. 그리하여 겸손한 배움과 너그러운 나눔의 마음을 지니려는 노력을 게을리하지 않을 것입니다.

또한, 정감 있는 사람이 되도록 노력하렵니다.

추억록

김 수경을 떠나보내며.

제일 고독한 것 같아 보여도 즐거움 속에 웃음을 잃지 않는 사람.

제일 외로운 것 같아 보여도 인생 역정을 가볍게 헤치며 다복하게 사는 사람.

나는 이 사람으로부터 삶을 배우고 진심으로 앞날에 행운과 축복이 깃들기를 축원하며 항상 먼발치에서 이 사람의 뒷모습을 지켜보련다.

윗글은 95년 의무경찰 제대 무렵 경찰서 행정 반장이셨던 최 모 경사님이 그동안 함께 생활하고 겪으면서 느꼈던 나의 모습을 〈추억록〉에 적어주신 것이다.

제대 후 나는 이 글을 떠올리며 허투루 살지 않게 되었고 지금까지도, 앞으로도 그분이 나를 지켜보고 계실 것이라고 생각한다. 삶이 힘들거나 지칠 때면 떠올리곤 하는 삶의 지침서이다.

• 수경 : 의무경찰 계급, 육군의 병장 • 추억록 : 제대 기념 앨범

다섯 번째 이야기,

함께 해서 더 행복한 우리

관계 맺기

어제도, 오늘도, 내일도 그렇게 매일 그 누군가와 관계를 맺고 관계에 얽혀 살아갑니다.

그렇다면 당신은 어떠한 관계 맺기를 하며 살아가고 있는지요.

그 관계 맺기에서 어떠한 마음을 가지고 대하는지요.

가식적이지는 않은지요. 진실하게 대하는지요.

이도 저도 아니면 어쩔 수 없이 그냥 섞이고, 겹치곤 하는지요.

스스로 물어볼 필요가 있습니다.

그 관계 속에는 이로운 사람과 해로운 사람이 함께하기 때문입니다.

관계의 연속성과 지속성으로 봤을 때 적절한 조절 또한 필요합니다.

마구잡이식 관계, 자신의 이익만을 추구하는 관계, 이용과 배신의 관계, 치명적 사건의 연루 관계 등이 함께하기 때문입니다.

만나서 관계가 돈독해진 뒤의 상황까지도 고려해야 함을 마음에 새겨야 합니다.

세상엔 천사 같은 사람이 많지만, 반면 악마 같은 사람도 많습니다.

천사와 악마는 늘 공존합니다.

나쁜 관계로 인해 스트레스받고, 우울해하고, 싸우며 죽네 사네 하기도 합니다.

한 사람 이상의 운명까지도 바꿀 수 있는 관계 맺음에 진실함과 진중함, 그리고 적절한 조율이 필요한 이유입니다.

때론 불가근불가원의 관계도 필요한 것을 보면 말입니다.

다만 진실한 관계나 믿음과 신뢰를 바탕으로 한 꾸준한 관계를 위해서는 사랑과 정성을 쏟아야 한다는 사실 만큼은 잊지 마시길.

함께하는 당신이 행복

현재의 삶을 살아가는 것만으로도 나에겐 큰 행복입니다.

손잡고 어깨동무하는 존재만으로도 큰 행복입니다.

지금 함께하는 당신을 어루만질 수 없어도 당신과 함께하고 있다는 생각을 할 수만 있어도 행복입니다.

무엇보다도 지금 나에게 행복한 사람은 이 글과 함께하는 당신입니다.

소리 없이 조용히 아침을 여는 새벽안개처럼 늘 함께하고 있는 당신의 마음 안으로 나의 고마움과 감사함의 행복이 이슬처럼 내려앉아 젖어 들길 바랍니다.

나지막이 속삭입니다.

"당신으로 인해 내가 행복합니다."

비둘기 집

'돈 한 푼 없이 3년 안에 내 집 마련하는 방법'에 대한 강연회에 다녀와서 집에 대해 생각해본다.

수십 번의 이사에도 불구하고 삶의 여유로움은 좀처럼 나아질 기미조차 보이질 않았던 시절, 점점 나빠지는 생활에서 온전하게 내 한 몸 편안하고 안락하게 뉠 곳 없는 삶의 고단함을 무엇으로 표현하랴.

어른이 되어서도 산꼭대기 제일 높은 곳 다닥다닥 붙은 쪽 방에서 얼음을 깨어 연탄불에 녹여 씻어야 했던 그 시절.

옆집에서 여과 없이 들리는 소리 그리고 다른 이들과 화장실을 함께 쓰던 그 시절.

태풍으로 인해 플라스틱 지붕이 날아가 찾으러 다녔던 그 시절.

연탄이 떨어져 장판 하나에 의지하며 동생이 말하던 "오빠야? 입김 보이나?" 이 한마디에 무너지는 마음을 추스르며 살아야 했던 그 시절.

내게 있어 집이란 크고 넓고 편리해야 한다는 생각보다는 가족들과 오순도순 모여 살갑고 정겨운 마음을 나눌 수 있는 공간이어야 했다.

좋은 집에 살고 있지만 가정불화로 늘 시끌시끌한 가정이 있는가 하면, 내 집이 아니어도 그곳에선 늘 웃음과 즐거움 그리고 화목함이 깃들어 있는 가정도 있다. 그러고 보면 내 집이 있어서 행복한 게 아니라 사랑하는 가족이 있어 행복한 것임을 실감한다.

내 집이면 말할 것도 없이 좋겠지만 굳이 내 집이 아니어도,

전세와 월세를 오가는 집이어도,

큰 집이 아니고 작은 집이어도,

그곳에서 함께하는 가족과 건강하고 즐겁고 행복하다면 그것만으로도 좋다.

다만, 늘 가족의 건강과 행복 사랑과 웃음꽃이 넘치는 집이었으면 더욱 좋겠다.

비둘기처럼 다정한 사람들이 함께 한다면 그것이 행복이다.

할머니의 사랑

초등학교 시절, 여름 방학이 되면 시골에 자주 가곤
했었다.

　버스를 타고, 배를 타고 그렇게 도착한 시골은 푸근한 품과도
같았다.

　할머니는 늘 환하고 밝은 모습으로 반겨 주셨다.

　자신의 품에 안으시며 늘 하시는 말씀이 있었다.

　"오매~ 내 새끼!"

　얼굴을 비비시고 나의 온몸을 마치 자신의 몸인 양 어루만지
시며 기뻐하셨다.

　그런 할머니의 애정 어린 손길이 그립다.

　무조건, 모든 것을 허용하는 무한한 할머니의 사랑.

어머니의 사랑과는 뭔가 느낌이 달랐다.

어느새 어른이 되어 길을 가다가 할머니들을 볼 때면

문득 나의 할머니가,

그런 할머니의 사랑이,

따뜻한 할머니의 목소리가

그립고 또 그립다.

지금은 곁에 없는 할머니가 보고 싶다.

그런 할머니를 몸과 마음이 보고파 한다.

"오매~ 내 새끼!"

내 할머니의 사랑이 묻어나는 목소리가 아련하게 들리는 듯

하다.

작은 기부와 함께하는 마음

어떠한 사랑이든 주고, 받고, 베풀고, 실천한다는 것은 매우 행복한 일임을 몸소 알아가고 있는 요즈음입니다.

그냥 지나쳤거나, 내 일이 아니니 넘어가자고 대수롭지 않게 여겼던 날들이, '지금 내가 누구를 생각할 때야, 내 코가 석 자인데'라고 그렇게 생각하며 지냈던 그간의 시간이 참 바보처럼 느껴집니다.

세상은 혼자 사는 것이 아님을 알면서도 그간 '눈앞의 나만 생각하고 또한 지극히 나만 생각하는 이기적인 삶을 살지 않았나'라는 생각이 듭니다.

세상 모든 고통과 아픔을 어찌할 수는 없겠지만 작은 관심과 마음 손잡아 줄 수 있는 그런 행동과 실천에서 오는 기쁨과 행복을 이제야 느끼고 알아갑니다.

사랑을 나누고 실천하는 것이 결코 쉽지만은 않지, 또한 어렵지도 않습니다.

몸소 실천해보면 느낄 수가 있습니다.

그리고 그만큼의 즐거움과 행복이 다가옵니다.

기부는 내 마음의 반을 나누는 것입니다.

나의 어머니

스물셋 꽃처럼 어여쁜 나이에 한 남자를 만나 인고의 세월을 겪으신 당신.

자식들 먹여 살리느라 정작 자신의 몸 돌볼 겨를도 없이 하루살이를 마다치 않으신 당신.

그런데도 희망을 놓지 않으시고 자신보다 자식을 더 챙기신 당신.

어느새 만신창이가 된 당신의 모습에서 저는 통곡할 따름입니다.

그렇게 몸소 보여주시고 실천하신 당신의 모습은 처연하도록 아름답습니다.

그간의 모질고 힘들었던 시간도 어느덧 세월과 함께 지나가

버렸습니다.

꿋꿋하게 잘 참아 여기까지 오신 당신.

당신에게서 인생을 배우고 삶을 배웁니다.

당신은 위대한 나의 어머니입니다.

나의 한 몸과 같은 당신을 사랑합니다.

어머니, 당신은 나의 영혼입니다.

만들어 가는 인연 하나

멘토링으로 좋은 인연이 함께 했던 소중한 날이 있었습니다.

그 친구의 첫인상은 꽤 단아했었고, 말과 표현 그리고 스타일이 맑고 깨끗하였습니다.

나이는 어리지만 생각도 깊어 보였으며, 주변과의 조화를 잘 알고 있는 현명함이 느껴지는 친구였습니다.

하고 싶은 꿈도 있어 보였고 한편으론 눈물이 많아 보였던 감수성 예민한 그 친구를 보며 나름 여러 가지 생각을 할 수 있었던 시간이었습니다.

어떤 인연이든 내가 만드는 것입니다.

살아감에 있어서 가장 중요한 것은 가슴이 따뜻한 사람과의 만남입니다.

진실한 의미에서 우리들의 인생이 외로울 때 힘이 되어 주고, 용기를 줄 수 있는 누군가의 손길이 필요합니다.

그러기 위해서 내가 먼저 당신에게 다가가렵니다.

서로 어떤 만남을 위해서 오래전부터 기다려 왔는지 모릅니다.

그리운 사람 냄새가 나는 싱그러운 떨림으로 다가가는 인연 하나.

잊히지 않는 추억 만들기를 원하기보다는 나는 당신에게, 당신은 나에게, 서로 소중한 사람이 되길 원합니다.

상담의 마음과 자세

가끔 조언이나 상담을 해주곤 하지만 상담 요청이 오면 상당히 신중하게 응대하는 편입니다.

대체로 조언을 하는 사람은 알게 모르게 우월감을 가지게 되기 때문이지요.

'당신은 모르고 나는 안다'와 같은 심리가 내재하여 있는 것이지요. 상당히 조심스러운 부분입니다.

나는 선의로 조언했다고 생각하겠지만 가끔 상대는 아이러니하게도 분노를 느끼고 보복을 꿈꾸기도 합니다.

조언할 때는 상대에게 꼭 여러 상황에 관해 물어보아야 합니다.

상대방이 조언을 원한다면 나의 조언은 우월성의 표현도 아니며 자율성 박탈도 아니어야 합니다.

나의 조언은 조언 그 자체가 되는 것입니다.

그것이 조언을 해주는 사람이나 상담자가 바라는 결과가 아닌가 생각합니다.

하얀 마음 위에 그가 말하는 모든 것을 적어주는 것.

그리고 함께 읽어보며 그 마음 자체를 다시 한번 공감해 주는 것.

그렇게 위로해 주고, 격려해 주는 마음가짐이 상담의 올바른 방향이 아닐는지요.

있는 그대로 바라보기

바라봅니다.

들여다봅니다.

생각합니다.

느낍니다.

이해합니다.

공감합니다.

직시합니다.

그리고 이해하는 것과 온전하게 안다는 것의 미묘한 깊이의 차이들에서,

있는 그대로의 그것을 찾아내는 투명하고 맑은 마음을 찾길 바라며.

부부의 마음가짐

'누군가를 정말 사랑한다는 것'

그것은 평생 그 사람을 등에 업고 사는 것과 같음이라 했던가요.

시간이 흐르면 땀범벅에 등은 묵직이 아파지고 허리는 끊어질 듯해도 그 사람을 절대 내려놓지 않겠다는 오직 그 한마음, 그 마음이 사랑이겠지요.

손잡고 팔짱을 끼며 걷는 즐거운 시간은 짧기만 합니다.

그렇지만 사랑해서 부부의 연을 맺으면 오랜 날들을 그렇게 한 사람의 무게를 고스란히 짊어지고 감당하면서 살아가야 하는 것이 아니던가요.

지금 당신 곁에 잠들어 있는 오직 한 사람을 찬찬히 살펴보세요.

날마다 바쁘게, 피곤하고, 정신없이 사는 와중에 나와 삶의 희로애락을 함께 해온 사람.

인생 역정을 잘 헤치며 지내고 살아온 시간만큼 세월의 흔적도 확인도 하고, 아픈 곳은 없는지, 나로 인해 힘겨웠을 그 사람의 변한 얼굴도 어루만져 보며 지긋이 손잡고 마음속으로 읊어 보세요.

당신으로 인해 행복한 나이지만, 당신은 어떠한지 모르고 사는 못나고 살갑지 못한 나이지만, 앞으로는 그 놓치며 잊고 지냈든 잘해주지 못했든, 지난날의 마음고생으로부터 그 이상을 지금부터라도 온 마음을 다해 당신을 행복하게 해주겠노라고.

그리고 정말 고맙고 사랑한다고.

마음속으로 읊었던 진실한 마음은 잠들어 있는 그 사람의 마음속으로 스며들 것이며, 오늘보다 조금은 더 행복한 삶이 되리라 확신합니다.

부부는 몸은 따로따로이지만, 나를 희생하고 상대방을 아껴주는 마음만큼은 하나여야 합니다.

당신이 있기에 내가 있음을 아는 부부이길 바라며.

무언의 교감 속 소통에는

클래식 공연 중 특히 협연이나 오케스트라 연주에서 발견하게 되는 장면이 있습니다.

연주가 시작되고 끝날 때까지 그들은 서로에게 준비가 되었음을 알립니다.

아무런 말을 하지 않고 때로는 눈빛으로, 때로는 고갯짓으로, 때로는 손짓과 호흡으로 그렇게 무언의 대화를 나누고 있었습니다.

그런 무언의 대화 속에서 연주는 아름답게 끝이 납니다.

그들이 얼마나 많은 연습을 통해 교감을 나누고, 맞춰가며 연주했을지 그들만의 언어 속에서 또 다른 열정과 아름다운 연주의 하모니를 느낄 수 있습니다.

주변에도 말없이 교감이 통하는 그런 친구가, 가족이, 동료가, 스승이 있습니다.

많은 세월 속, 시간 속, 대화 속에서 믿음과 신뢰가 돈독했기에 가능했을 일입니다.

나를 믿듯이 그를 믿으면 신뢰할 수 있고, 교감할 수 있으며 말 없는 대화를 할 수 있게 되는 것, 이런 것이야말로 진정한 소통이 아닐는지요.

●●●●
작은 나눔의 실천

아름다운 나눔의 미풍양속인 '십시일반(十匙一飯)'

'열 사람이 한 술씩 보태면 한 사람이 먹을 양이 나온다'는 말이지요.

과거에 비해 세상은 놀랄 만큼 비약적인 성장과 발전을 하였고, 살림살이도 나아진 것처럼 보이지만 현실에선 힘들고 버거운 하루를 사는 사람들이 아직도 많습니다.

독거노인과 부모의 이혼이나 사고로 인한 조손, 결손가정에는 당장 먹을 것과 입을 것, 생필품 등이 절실합니다.

콩 한쪽도 나누려는 주변의 따뜻한 마음이 필요합니다.

폐지를 주워 생활하며 연탄 살 돈도 없는 노인들과 집 밥은 고사하고 편의점에서 삼각 김밥에 컵라면으로 끼니를 해결하고, 생리대나 생필품과 학용품 등도 살 엄두와 여력도 없는 아이들.

부족하고 채워줘야 할 게 많은 이들에게 함께 살아가는 동반자의 인심을 실천해 보았으면 합니다.

나누면 나눌수록 좋다고 하지 않던지요.

나눔은 작은 관심으로 시작해 사랑의 실천으로 연결됩니다.

우리에겐 십시일반 하는 따뜻한 연민의 마음이 이미 자리하고 있습니다.

금 모으기 운동, 지진이나 쓰나미의 해외 난민 돕기, 적십자 회비, 연말 이웃 돕기, 사랑의 열매, 유니세프 등이 좋은 예입니다.

그런 그 마음을 조금씩 나누어 주는 것만으로도 의미는 충분합니다.

그들에게 사회가 주는 그 아름답고 숭고한 나눔의 마음을 전하게 된다면 희망을 얻을 것이고, 미래를 꿈꿀 수도 있으며, 베풂과 나눔의 사랑과 사람 인심도 느낄 것입니다.

큰 나눔을 기대하거나 바라지 않습니다.

그저 마음에서 우러나는 따뜻하고 작은 손길과 격려의 마음이면 충분합니다.

오늘 나는 내가 가진 것을 그 무엇이라도 나누고자 했는지 돌아보며.

그가 내민 손에는

어느 날 늦은 밤 쪽지로 낯선 이가 노크를 한다.

매일 SNS 상에 하루의 삶을 되뇌며 글을 올리던 시기였다.

어찌어찌하여 나의 글을 읽게 되었는데 너무 좋았고 마음에
와 닿았다고 했다.

몇 번의 쪽지가 오가다 그는 자신의 사연을 장문으로 나열하
기 시작했다.

당신이라면 나의 얘기를 들어줄 수 있을 거라 생각했고,

늦은 밤 실례를 무릅쓰고 사연을 보내게 되었다고 했다.

사연을 읽어 내려가면서 '나에게 도움의 손을 내밀고 있구나'
라고 직감했다.

나는 그가 내민 손을 뿌리칠 수 없었다.

다섯 번째 이야기, 함께 해서 더 행복한 우리

절절한 사연이 녹아 있었기 때문이다.

그는 현재의 상황에서 헤쳐 나오고 싶고, 빠져나오고 싶지만 혼자서는 도저히 불가능하다고 했다.

블랙홀 속에서 나에게 손을 내민 것이었다.

며칠 뒤 그를 만났으며 사연을 듣고 나름의 조언도 해드렸다.

그 뒤 수개월의 시간이 흘렀고 다시 문자가 왔다.

"당신으로 인해 나는 지금 세상에서 제일 행복한 사람이 되어 살고 있습니다."

너무나 기쁜 소식에 응원의 메시지를 드렸다.

부디, 앞으로도 그렇게 살아갔으면 좋겠다.

내가 할 수 있는 것은 그를 믿는 것뿐이다.

나는 이 글을 읽을 그에게 덧붙인다.

'먼발치에서 늘 당신을 응원하고 있습니다. 그러니 스스로를 믿고 힘내시길 바랍니다. 당신은 충분히 이겨낼 수 있습니다.'

부부는 역지사지의 마음으로

살다 보니 세상에는 별난 사람도, 별의별 사건 사고도 많은 반면에 그만큼의 기막힌 사연 또한 많다. 종종 선 · 후배나 친구 등에게 삶과 결혼 생활에 대한 약간의 조언을 해주면서 알게 되는 것들이 있다.

특히나 아직 나는 미혼이기에 객관적인 입장에서 각자의 내용을 들어보고 조언해주려 한다. 싸움의 발단과 갈등의 요소들을 면밀히 듣고 살펴서 역지사지의 입장으로 상대방에게 전달해 준다. 이혼 직전의 몇몇 친구들에게 이렇게 하여 결과적으로는 모두가 서로를 이해하고 오해도 풀고 화해하여 잘 살고 있다. 오히려 내가 고마운 마음까지 든다.

가끔 '과연 저렇게 사는 사람이 있을까?' 싶기도 하지만 생각 이상의 더한 삶도 살고 있는 사람들이 많다.

그런데 이혼을 한 뒤 서로에게 물어보면 대개는 후회를 많이 하는 편이다. 그리고 소통의 중요성과 서로 소원해지기까지 얼마나 관계 회복을 위해 노력했느냐도 물어보면 말을 잊지 못한다. 또한 갈등이 일어나면 대화를 하지 않게 되고, 소통 부재의 기간이 길어지면서 바람피우는 나쁜 일들이 동반되어 더 큰 나락으로 빠져들기도 한다.

평소 부부 사이에 대화와 소통이 잘 이루어지지 않으면, 갈등 상황이 되었을 때 원활하게 해결하기가 무척 힘이 든다. 갈등은 참고 묻어가는 것만이 능사가 아니라 바로 개선하려는 노력을 동반한다는 것을 알아야 한다.

당신이 그를 생각하듯 그 또한 당신을 그렇게 생각한다는 사실을 알고 한 번 더 상대방의 입장에서 생각해보라.

한 번 더 나는 그만큼 잘했는지를 생각해보고 그를 만나 처음 사랑했던, 고백했던, 결혼식장에서의 다짐도 생각해보며 산다면 헤어짐과 같은 사연은 없으리라 단언한다.

그가 있어 내가 있고, 부부의 연을 맺어 아이가 탄생하게 되고, 사랑과 행복을 함께하는 가족이란 생활을 만끽하며 사는 즐거움을 잊지 마시길.

부부라는 관계는 오히려 작은 일로 상처를 받기도 한다. 하지만 작은 것에 감동하는 것 또한 부부이니 가능한 게 아닐까. 당신이 사랑해서 결혼한 그 사람은 또 다른 당신이다. 그러니 나에게 주듯 상대방에게 사랑을 듬뿍 주시길.

누군가에게 이렇게 기억되기를

아무것도 가진 것 없이 왔다 가는 인생이지만,

이 사람은 참 많은 것을 가지고 떠났습니다.

늘 사람을 사랑했고 따뜻한 마음과 함께 삶을 진실하게 살았던 사람.

가진 것 없음에도 불구하고 늘 다른 이를 먼저 생각하고 나누기를 마다치 않았던 사람.

사랑의 마음을 여러 사람들에게 나눠주고 자신 또한 많이 나눠주었던 순결하고 고결한 마음과 함께 사랑으로 떠났습니다.

진정 이 사람으로부터 삶을 배우고 사랑하는 마음을 알게 되었습니다.

그는 이 땅에 사람과 사랑 그리고 삶의 참 의미와 목적을 남기고 갔습니다.

건강과 행복 즐거움과 미소를 전했던 당신, 고이 잠드소서.

당신 또한

가끔씩 생각이 많아지고 곁의 누구도 힘이 되지 않아 외로울 때가 있지만, 나만이 아닌 누구나 다 그렇다는 사실을 잊지 마세요.

때로는 내 사람 같은 친구도 나를 이해하지 못하고 함께 살아온 가족조차 당신을 쓸쓸하게 할 때도 있지만, 사실은 마음 깊이 사랑하고 있다는 사실만은 잊지 마세요.

그런 중에 금쪽같은 시간을 쪼개어 나의 안부를 물어오는 이가 있다면 그것만으로도 당신은 충분히 행복한 사람입니다.

걱정으로 매일의 벅찬 삶에서 나를 생각해 준다는 게 얼마나 따뜻한 일인가요. 우울해지거나 불안해지고 마음이 심란해 눈물이 난다 해도 누군가 나를 위한 안부를 묻고 있다는 걸 잊지 마시고 슬퍼하거나 괴로워하지 마세요.

그런 나는 많은 사랑을 가진 존재라는 걸 절대 잊지 마시길 바랍니다.

우리는 그 누구나 사랑스러운 존재이며, 그것을 나눌 수 있어야 비로소 사랑을 느낄 수 있습니다.

다섯 번째 이야기, 함께 해서 더 행복한 우리

행복한 져주기

주변에서 일어나는 사람들 사이에서의 다툼은 언제나 지극히 주도권 다툼이고, 이기적인 싸움입니다.

결국 누가 더 큰 이익을 가지는지 따지기 때문에 갈등이, 싸움이 일어납니다.

그 이익이라는 것은 가면 속에 감춰진 본인과 그와 비슷한 동일인들과 주변인들의 이기심, 배신, 시기, 질투, 잘남, 동질감 등에서 나오는 어리석은 것인데도 그들은 알지 못합니다.

그러니 이겼다고 옳은 것도 아니고 졌다고 틀린 것도 아닙니다.

그들의 생각이나 행동이 바른 것이 아님을 진정한 나를 모르는 그들 외에 나를 아는 사람들은 알고 있습니다.

당신은 좋은 사람이라는 것을요.

나를 모르는 그들의 메아리는 그들 속에만 존재합니다.

그냥 저주세요. 내버려 두세요.

이기적이고 어리석은 그들의 그곳에서 벗어나 보면 아무것도 아님을 알게 됩니다.

그것이 마음을 평온하게, 온전하게 유지하는 길임을 잘 져줌으로써 깨닫게 됩니다.

단지 내가 더 사랑할 뿐

그가 날 사랑하지 않는다 해도 미워하거나, 슬퍼하거나, 괴로워하거나, 화낼 필요도 없다.

그를 사랑한 것은 나이지 그가 아니니까.

그에게 요구할 수도 없다.

'내가 이만큼 사랑하니 너도 그만큼 나를 사랑해줘!'

이것은 사랑이 아니고 거래다.

사랑은.

사랑할 권리는 있지만 사랑을 요구할 권리는 없다.

그래서 사랑은

좋기도 하고,

나쁘기 하고,

행복하기도 하고,
슬프기도 하고,
아프기도 한 것 같다.

다섯 번째 이야기, 함께 해서 더 행복한 우리

너나들이를 꿈꾸며

고단하고 힘든 날, 마음으로 다가가 살며시 등을 토닥거려 주는 다정한 사람.

홀로의 고독을 느끼기 싫어 그냥 같이 떠나서 풍경도, 음식도 편안하게 나눌 수 있는 사람.

포근하고 따뜻한 미소와 웃음으로 잔잔하게 가슴 깊이 스며들어 그 내음이 전해지는 사람.

내가 걷는 삶의 길 위에서 평생을 함께 걷고 싶은 사람.

기도로서도 채워지지 않는 허약한 부분을 달래주고 아껴 줄 수 있는 마음이 넓은 사람.

상대의 허물을 덮어주고 부족함을 애정의 눈길로 지켜봐 주는 사람.

인생의 여정을 함께 나누며 삶을 사랑하고 사람과 사랑을 귀히 여기는 사람.

세상과 사람을 바라보는 시선이 따뜻한 사람.

그래서 어느 그리운 이의 마음에 오래도록 배겨있어 떠오르는 은근한 향기로 남고 싶다.

살아가면서 우리는 가끔씩 가까운 사람에게 소홀할 때가 있다. 반면에 소홀함을 느낄 때도 있다.

가까워서 더 쉽게 말하고, 쉽게 행동할 때도 있다.

나의 감정 표출이 쉬울 때도 있고, 잘못에 대한 지적일지라도 너무 쉽게 상처 줄 때도 있다.

가까이 지내고 있다는 것은 그 사람과 함께한 시간이나 서로가 공감하는 것들이 있었기 때문이 아닐는지.

그 시간들이 이 관계를 너무나도 당연하게 만들어 버렸을 수도 있다.

당연한 관계라는 것이 어디 있겠는가.

그런데 당연하게 생각할 만큼 소중하고, 옆에 계속 있을 것 같은 그런 관계가 된 것이다.

가깝기 때문에 서로의 연약함이나 허물, 약점을 더 잘 알고 있다고 그것을 말하는 것이 아니라 더 덮어주고, 더 사랑하며 더 위해주고 서로에게 더 관심을 가진다면 그들의 관계가 정말 소중하고 가까운 것임을 누가 봐도 알 것이다.

말하지 않아도 되는, 말하지 않아도 아는 가까운 사람이구나, 서로를 아끼는구나, 서로를 소중하다고 생각하는구나.

이런 것이 너나들이의 관계이다.

내가 아는 모두와 너나들이하며 살았으면 좋겠다.

● ● ● ●

기대고 산다는 것

종교, 권력, 돈, 가족, 사랑 등

인간은 어딘가에는 기대며 살아가는 것 같다.

기대고 사는 것이 어디 그뿐이랴.

일상에서도 수많은 사람들에 기대어 살아간다.

내가 건네는 인사는 타인을 향한 것이고, 내가 사랑하는 사람도 나 아닌 타인이다.

나를 울게 하는 사람도 타인이며, 나를 웃게 하는 사람도 타인이다.

사람이 사람에게 비스듬히 기댄다는 것은 그의 마음에 내 마음이 스며들고 젖어드는 일이다.

그가 슬프면 내 마음에도 슬픔이 번지고,

그가 웃으면 내 마음에도 기쁨이 퍼진다.

서로서로 기대고 산다는 것.

그것이 바로 인연이 아닐는지.

그 인연의 언덕은 어느 날은 흐리고 비도 내리며 또 어떤 날은 화창하게 맑을 것이다.

흐리면 흐린 대로, 개면 갠 대로 그에게 위로가 되고 기쁨이 되어 주는 것.

사람 인(人)자에서 알 수 있듯 서로 기대고 살아가는 인연의 덕목이 아닐는지.

서로 사랑하며 기대며 살아가면 좋겠다.

다름의 인정과 또 다른 배움

어떤 공연이나 영화 등을 보고 나오게 되면 사람마다의 느낌은 제 각각임을 알 수 있다.

서로가 살아온 환경과 배경 그리고 살아오면서 배운 지식과 경험의 깊이와 넓이 등에서 생각하고 느끼며 받아들이는 정도가 다를 수밖에 없기 때문이다.

그래서 어떠한 장면을 보더라도 누구는 울고, 누구는 슬프고, 누구는 별 반응이 없기도 하는 것이다.

나는 이러해서 그는 그래서 다른 것이다.

너는 그러니 나는 이런데,

너는 그렇게 생각하는구나,

나는 이렇게 생각하는데.

다름은 내가 지니거나 느끼지 못하는 것에서의 또 다른 배움의 기회이며 감사함이다.

이렇게 생각하면 타인의 마음을 이해하고, 공감하며, 소통하는데 도움이 되지 않을까?

믿어 주는 단 한 사람

'누군가 날 알아주는 사람이 한 사람만 있어도 내가 더 나은 사람이 될 텐데'라는 마음을 가져본 적 있으신지요.

누군가 단 한 사람이라도 '내가 잘해낼 수 있다고 믿어주고, 용기를 주는 이가 있었으면 하는 마음'입니다.

'믿을 수 있는 것이 있어서가 아니라 믿을 것이 없어도 나는 당신을 믿습니다'라는 마음이지요.

나무를 보며 이 자리에 꽃이 필 것이라는 믿음을 주는 것.

그러면 그 자리에 정말 꽃이 핀다는 믿음을 바라는 것이겠지요.

믿는 데는 돈이 들지 않습니다.

오늘 직장에서, 가정에서, 모임에서 등 만나는 사람들에게 믿음을 가져보세요.

그들이 잘 해낼 수 있는 사람이라고, 변화의 힘을 갖고 있다고, 나는 그저 그 힘이 저절로 나올 수 있게 살짝 도와주는 사람일 뿐이라고 생각해보세요.

비록 그렇지 않다고 해도 어떻습니까?

지금 내가 할 수 있는 최선은 그들을 믿어주는 것이니까요.

믿음은 돈독한 사이의 밑거름입니다.

●　●　●　●

사랑을 스케치하다

그림은 그릴 때 기본적으로 스케치부터 시작합니다.

그리고 색을 입혀서 완성하지요.

단순한 듯 보이지요?

사랑 또한 마찬가지입니다.

두 사람이 만나 사랑을 키워갑니다.

그 두 사람은 조금씩 사랑을 완성해 갑니다.

비슷하지 않은지요?

스케치도 지우고 다시 그리고를 반복하는 과정에서 가장 좋은 밑그림이 그린 이의 마음에 들어야 비로소 색을 입혀 그림이 완성되듯이, 사랑도 여러 우여곡절을 겪으면서 진정한 사랑을 만들어 갈 수 있습니다.

그림도, 사랑도 오래도록 진심을 담아 공을 들여 애정을 담아 스케치를 해서 아름다운 색을 입혀 하나의 멋스러운 작품이 완성되는 것입니다.

　색을 입히는 과정은 두 사람이 알콩달콩 함께하는 모든 경험과 추억들이겠지요.

　얼마나 멋진 작품이 나오느냐는 결국 두 사람의 행복지수가 어느 정도로 높은가에 따라 달라지겠지요.

　그리고 지우며, 다시 완성해가는 그림처럼 그렇게 그 어떤 사랑 하나씩 그려나갔으면 합니다.

중용적 관용의 자세

인간은 자신의 의도와는 다르게 잘못도, 실수도 한다.

그런 인식에서 발호하는 관용은 타인의 잘못과 허물을 크고 넓은 마음으로 용서와 포용으로, 아량과 관용으로 받아들임이다.

죄는 미워하되 사람은 미워하지 말라는 격언도 있듯이, 완생의 삶을 살지 못하는 미흡한 미생의 인간이기에 때론 나도, 너도, 우리 모두 다 불가피한 실수와 잘못 또는 크든 작든 죄 아닌 죄를 저지르기도 한다.

타인의 잘못에 대해 관용하며 단점과 아픔도 감싸 안으며 배려와 함께 시기나 질투 미움보다는 사랑을 전하고 나누며 사는 세상이 되었으면 하는 마음이다.

타인의 잘못에 대해 무조건적인 관용은 많은 병패가 있음도 주지의 사실이다.

다만, 오늘 저지른 타인의 잘못이 어제 저지른 내 잘못이었을 수도 있다는 생각을 해보자. 나와 타인의 차이, 서로의 다름도 존중하며 현재를 살아감에 있어 필요한 미덕의 덕목 중 하나이다. 관용의 마음으로 이해하고 베풀며 살아갈 수 있다면 세상은 조금은 더 따뜻하고 살만하지 않을까.

사랑은 유통기한이 있다

오직 사랑하는 마음과 사랑하는 사람과 함께라면 그가 이러해도, 저러해도, 그러해도 좋다.

사람만 본다는 그 마음.

또는 학벌, 집안, 경제력, 직업, 인물, 성격 등 다 따져보고 결혼을 생각하는 그 마음.

현실과 이상의 사이에서 사랑은 어떻게 결혼이라는 결실로 당사자들에게 다가가고 어떤 결말을 맺을지.

정신과 마음의 교감이 정말 중요한데 정작 꼭 필요한 것은 보지 않고, 보지 못하고 보지 않아도 되는 것에 결혼 이후의 모든 것을 걸어 버리는 그런 마음이 아니라 진정한 마음으로 보았으면 싶다.

'인생과 사랑에는 유통기한이 있다'지만 늘 걱정하고 미안한 마음이 들고 '잘해주어야지'하는 마음이 무심코 들어버리는 그런 사랑을 그려 나가길.

나의 변함을 항상 경계하고 돌아보길.

사랑에는 유통기한이 있음에 변질되지 않게 잘 돌보아가길.

내 생이 끝나는 날 나의 사랑도 유통기한이 끝나느니.

사랑만 하며 살기에도 인생은 짧다.

부디 위해주고, 배려하며, 아끼고 사랑하며 살기를.

그 어떤 사랑이라도.

무소식이 희소식

하루에도 수없이 주고받는 메일, 문자, 메시지, SNS.

또한, 그만큼은 아니더라도 일이든 모임이든 만나고 헤어지는 인연들.

그렇게 바쁘게 지내다 보면 때론 오해도 하게 될 수밖에 없는 숨 가쁜 현재를 사는 우리.

그 옛날에도 편지는 있었고 안부도 묻고 지냈으니.

몇십 년 전으로 돌아가 보면 보낸 이의 답이 늦는 일은 당연시했던 시기였고.

아주 오래전 옛날인 조선시대 때는 편지를 보내면 몇 달 몇 년이 걸렸음에도 답장이 늦어도 소식이 없어도 오해를 하거나 '마음이 변했구나, 사랑이 식었구나' 하는 식의 오해는 생각지도 못했으니.

시대가 변하고 세상은 빠르게 바뀌는 지금, 문자에 답하지 않거나 전화를 받지 않거나 조금만 늦어도 상대를 오해하기 십상이다.

변한 것은 자신인 것을 모르고 상대를 탓하기 일쑤다.

오래전 그랬듯이 일 년 전에 보낸 편지의 답장을 쓰고 있는데 반년 전 편지가 도착했던 그 시절을 돌아보며 '참 편한 세상에 살고 있구나'라는 생각을 해보며.

조금은 여유를 가지고 상대가 빨리 답하지 않더라도 초조해하지 않고 평화로운 여유와 너그럽게 이해하는 마음으로 살았으면 싶다.

사랑으로 채우기

마음 비우기란 여간해선 쉽지가 않다.

그 이유는 무엇일까?

그건, 마음이 무엇인지? 어디에 있는지? 무엇으로 채워졌고, 어떻게 생겼는지? 크기는 얼마나 큰지? 이런 것들을 전혀 모르고 있기 때문이다.

명상하며 마음 비우기에 들면 비우고자 해도 집중도 안 될뿐더러 잡생각만 몰려든다.

'마음을 비운다는 것은 온갖 생각으로부터 욕심을 갖지 않고 사랑으로 채우는 것이다.

채우지 않으니 비울 게 없고, 사랑으로 채워졌으니 욕심 또한 없게 되는 것이다.

그렇지만 인간은 늘 욕심과 비움의 경계선을 넘나들며 살아간다.

인간은 끊임없이 욕망하고 갈망하기 때문에 늘 비우기를 게을리하지 않아야 한다.

'마음 비우기'란 말은 참 깨끗하면서도 아련한 말이다.

오늘도 욕심 한 덩이 비우며 그 자리에 사랑을 채우려 한다.

여섯 번째 이야기,

세상을 통해 배우고 한 걸음 나아가는 법

아프고 슬픈 인생을 대하는 자세

세상 모든 것엔 저마다의 사연도 있다지만, 사람의 사연만큼 구구절절하고 파란만장한 희로애락이 담긴 것도 없지 않나 싶습니다.

한 사람 개개인의 살아온 이야기를 듣노라면 〈인생극장〉이 따로 없을뿐더러, 영화나 드라마 소재가 되어도 감동적이고 뭉클함을 전해주리라는 생각도 하게 됩니다.

역사와 위인전을 보더라도 우리가 알지 못했던 세상에 드러나지 않았던 비화나 사건 등이 많습니다.

그런 일화나 에피소드에 들어있는 뒷이야기 또한 극적이기도 합니다.

그 속에는 인간이 느끼는 모든 감정과 고통이 쓰라린 아픔,

지울 수 없는 상처와 트라우마로 동반합니다. 그러므로 당사자는 정신적 고통은 물론 피눈물까지 쏟아내는 격한 소용돌이 속으로 빨려들어 시간이 한참 지나도 쉽사리 잊기는 힘이 듭니다.

다만 사람은 현실을 살기에 상처나 아픔만을 생각하며 살 수만은 없듯이, 극복하고 이겨내어 살아가야 한다는 사실만은 명심하였으면 합니다.

넘어지고, 쓰러지며, 다친 스스로가 용기 내어 세상 밖으로 나와 살아간다면 조금은 더 빨리 상처도 아물고 치유도 되리라 생각합니다.

웅크리지 않고 세상에 떳떳하고 당당히 맞서는 마음과 정신을 지녀야 합니다.

그것이 자신의 삶에 대한 노력이자 예의이며 사명입니다.

그 뒤에는 반드시 기쁨과 즐거움이 행복과 함께 찾아옵니다.

암흑과 절망 속에서도

어느 날 문득 나 홀로 버려진 느낌이 들 때도,
  아무것도 보이지 않는 칠흑같이 캄캄한 어둠에 갇혀
  흘려야 할 눈물조차 메마르고 없을 때도,
  더는 그 누구도 내 손 잡아 주는 이 없을 때도,
  기도 이상 그 아무것도 더 할 수가 없을 때도,
  그럴 때도 희망이라는 손길을 놓으면 안 됩니다.
  적어도 살아 있는 한 말입니다.
  희망의 끈을 놓지 않으면 반드시 누군가가 따뜻한 손을 내밀
어 줍니다.
  지금 많이 힘들고, 지치고 돌파구가 보이질 않는지요.
  깊이 곰곰이 잘 생각해 보세요.

주변에 단 한 사람이라도 나의 얘기를 있는 그대로 들어 줄 이가 있을 겁니다.

그 사람과 정말로 있는 그대로의 속마음을 꺼내어 보도록 합니다.

화내도 좋고, 눈물 흘려도 좋습니다.

다 끄집어내어 털어내면 속이 후련해질 겁니다.

그러고 나면 삶이 달라 보이며 의욕도 생길 겁니다.

혼자 끙끙 앓지 마시고 꼭 그렇게 한 번 해보세요.

누군가의 도움과 사랑의 손길은 세상의 외롭고 쓸쓸함과 아픔을 잊게 해주는 따뜻함의 구원으로 다가옵니다.

담벼락에 홀로 아름답게 핀 너에게

이 척박한 세상에서 너는 거기에 뿌리를 내렸구나.

그동안 모진 풍파 잘도 견디어 내었구나.

외롭고 쓸쓸하지는 않았느냐.

이토록 튼튼하게 곱고 예쁘게 잘 자라 기특하고 대견하구나.

홀로 거기서 뿌리를 내리고 생명을 이어온 너는 나보다 낫구나.

우리네 인간은 너처럼 혼자서는 살 수가 없단다.

그럴 용기도, 배짱도, 정신도, 건강도 없단다.

그래서 너는 다른 꽃들보다 더 예쁘고 아름답게 보인단다.

앞으로도 지금처럼 건강하고 예쁘고 아름답게 본연의 너답게
그 자리에서 잘 지내고 잘 자라기 바란다.

가끔 내가 외롭고 지칠 때가 있다면 너를 생각하며 힘을 내련다.

너는 이 세상에 단 하나뿐인 가장 아름다운 꽃이다.

아프지 말고 건강하게 잘 지내렴.

그리고 또 보자꾸나.

너에게서 삶을 또 배우는구나.

일찍 철이 든다는 건

초등학생 무렵부터 용돈을 벌기 위해 새벽녘에 일어
나 신문을 돌렸어야 했었다.

배고파 끼니를 해결해야 할 때면 밥이나 라면을 스스로 차려
먹어야 했었다.

또래의 친구들이 학교에 갈 시간에 일하러 가야 했었고, 그
아이들이 집으로 돌아갈 때 나는 야학으로 향해야 했었다.

그 어린 나이에 여러 가지 일들을 전전했을 땐, 조금이라도
돈을 더 주는 곳이 있으면 불문곡직, 이유 불문하고 닥치는 대
로 무슨 일이든 하려 했었다.

단지 돈을 더 벌 수 있다는 이유 하나만으로.

그렇게 조금씩 벌어 집에도 드렸고 저축도 했었다.

어린 나이에 조그마한 몸뚱이로 감당할 수 없는 육체적 고통을 고스란히 감내하고 삭혀내야만 했었다. 서글픔과 외로움 그리고 쓸쓸함으로 하염없는 눈물이 함께 했다.

매우 쓰라렸고 아팠다.

나의 십 대는 생계유지를 위해 일하며 흘러갔으며 그렇게 가난은 나를 일찍 철들게 했다.

세상살이에 대해 많은 것을 배웠고, 사람을 대하며 살아가는 감각, 그리고 이해도의 습득과 깊이 있는 현실감각을 얻기도 했다.

이렇듯 가난이 아이를 일찍 철들게 한다지만 피눈물의 시기로 다시는 돌아가고 싶지 않다는 마음뿐이다.

절망을 견디어 내니 희망이 보였다.

아픔을 이기고 보니 사랑도 알았다.

고독을 참아내 보니 사람도 만났다.

그러니 누군가 지금 힘들지라도 그대 용기와 희망을 잃지 말지어다.

살아 보니 그 힘든 만큼의 좋은 날도 분명 있더라.

가을을 먹고 탐하다

성급한 우리의 마음처럼, 계절의 시간은 겨울로의 옷
으로 재빠르게 갈아입으려 한다.

나뭇잎들도 부쩍 많이 떨어져 바람에 이리저리 흩날린다.

아쉬움과 그리움의 미련을 품고 있는 가을.

붙잡아 둘 수도 없는 노릇이지만 더디게 갔으면 하는 마음 가
득하다.

가을만이 지닌 특유의 맛과 느낌을 더 느끼고 싶기에.

심청색의 짙은 푸른 하늘과 상쾌하고 시원한 공기,

단풍이 선물하는 색들의 눈부신 향연,

사색과 독서가 주는 심상,

홀연히 떠나는 고독한 여행의 센티멘털.

수북이 쌓인 낙엽을 밟으며 오색 찬란, 울긋불긋한 가을 색의 느낌을 온전히 느낄 수 있는 산행의 즐거움.

이 모두가 가을이 우리에게 주는 수고의 선물이리라.

더 깊어져 지기 전, 조금은 여유롭게 이 가을을 눈으로 먹고 마음으로 탐하려 한다.

자연 속 꽃과 삶

봄바람 날리는 설렘 가득한 날들의 연속입니다.

이처럼 따뜻한 봄날엔 상춘객들을 맞는 산이며 들에는 예쁜 꽃들이 지천으로 삼삼하게 만발합니다.

그런데 그 예쁜 꽃들은 그 누구도 의식하지 않고 혹독한 긴긴 겨울을 이겨내어 스스로 피었지요.

자연의 꽃은 그래서 더욱 아름답기도 하고요.

온실 속 집안의 화초와는 비교 불가인 자연의 꽃들은 세상의 모진 풍파를 맞고 견디어 내어 홀로 오롯하게 피어 더욱 예쁘고 아름다운 것입니다.

그런 꽃들을 보며 나도 저 꽃들처럼 홀로서기의 강인한 삶을 잘살고 있는지 삶을 빗대어 비교도 해봅니다.

사시사철 오롯한 자연의 삶처럼 강인하고 꿋꿋하게 살아가고 싶은 마음입니다.

시행착오 속에서

부모님의 모습에서 또는 동시대를 살아가는 주변의 다른 사람들의 모습에서 많은 것들을 습득하며 살아간다.

그런데 정작 살아보니 알게 되었다.

먹고 사는 방법도,

공부하는 방법도,

직장인으로 사는 방법도,

결혼 생활의 방법도,

자식을 키우는 방법도,

여가를 즐기는 방법도,

효도하는 방법도,

나이 들어 살아가는 방법도,

제대로 알 수 없었다.

모두가 제각각의 다른 삶을 살아왔고 살아간다.

그런 각각의 삶에서 나의 삶을 빗대어 비교할 수 있는 비슷한 인생조차 만날 수 없었다.

참 멋진 인생, 아름다운 삶을 살아가는 인생은 스스로가 정답 아닌 해답을 찾는 과정에서 시행착오의 역사와 함께 존재해 나 간다.

그런데도 살아가는 동안에는 그런 해답을 찾는 노력은 계속 되어야 한다.

시행착오의 역사가 모여 멋지고 아름다운 인생이 만들어지는 것이니.

흘러간 시간 속에는

흘러간 시간이 무엇을 의미하는가.
보이지 않는 것과 보이는 것의 상처들,
무엇을 해야 할지 몰라 헤매던 어리석음,
어울려 산다는 것의 진정한 의미,
이 모든 것들이 흘러간 세월에 녹아 있다.
그 속엔.
기쁨과 슬픔도 있었다.
불행과 행복도 있었다.
사랑과 이별도 있었다.
절망과 희망도 있었다.
죽고 싶었으나, 살고도 싶었다.

여섯 번째 이야기. 세상을 통해 배우고 한 걸음 나아가는 법

산다는 건 지금도 앞으로도 이것들과 동행하는 것이리라.

그 속에 우리가 찾는 그것들이 있다는 것을.

당신 곁에 있는, 당신이 찾는 그 무엇이.

베푸는 마음

인간은 누구나 이기적인 면을 가지고 있습니다.

이익을 좇고 손해를 멀리합니다.

또한, 더 큰 이익을 위해 잠깐의 손해를 감당하기도 합니다.

이러한 근본원리에는 변함이 없습니다.

이것은 나쁜 것도 좋은 것도 아닙니다.

그냥 그런 것입니다.

베푸는 것이 손해처럼 보일 수도 있겠지만 지금도 좋고, 나중도 좋습니다.

베풀면 마음이 따뜻해집니다.

베풀면 자연스럽게 그에 대한 보답이 옵니다.

설령 오지 않더라도 베푸는 마음으로 살면 마음이 넉넉해집니다.

마음이 부유한 사람은 인생이 즐겁습니다.

베풀 수 있음에 감사하게 됩니다.

받은 사람은 또 다른 사람과 나눕니다.

힘든 세상 속에서 인간으로서 가질 수 있는 진정한 가치는 나눔입니다.

듬뿍 나누고 베풀며 살아갔으면 좋겠습니다.

가지려는 삶 보다 내어 주는 삶

내가 가진 것이 큰 것이든 작은 것이든 그 안에서 내 것을 하나 더 내어줌으로써 주변이, 세상이 풍요로워질 수 있다면 내 기꺼이 그리하리다.

하나를 얻으면 하나를 쪼개어 둘로 나누어 주리다.

그 속에 온전한 사랑이 있음에.

그리하여 더 큰 세상에 씨앗이 되어 뿌리내려 그 사랑의 씨앗이 열매가 되어 더욱더 큰 사랑의 의미를 알고 깨닫기를 바라며 오늘도 그 씨앗 하나 뿌려 본다.

이 아름다운 세상의 삶을 살아가는 그 누군가를 위하여.

철없던 과거 그리고 지금

철부지 어린 시절,

멋모르면서도 세상을 다 아는 것처럼 객기를 부리며 살았던 막무가내의 그 시절.

어른이 되어서야 당시에는 몰랐던 것에 대해 살아가면서 하나씩 뉘우치고 깨우치며 살아간다.

철이 든다는 것!

그것은 나보다 주위 사람들의 입장을 먼저 생각하는 것이 아닐까?

철없던 시절을 보낸 지금, 인생에서 가장 슬픈 일은 아마도 이런 것이리라.

할 수도 있었는데… 해야 했는데… 해야만 했는데….

지나간 시간과 세월은 돌이킬 수 없고 미련과 아쉬움만 남긴다.
이는 순간을, 하루를, 날마다, 정성껏 살아야 하는 이유이다.

남겨진 이의 슬프고 아픈 깨달음

곁에 있었던 소중했고 사랑했던 한 사람이 오래전 오지 못할 먼 곳으로 떠나갔습니다.

곁에 있을 때는 몰랐지만 떠난 이후 알게 되는 것들.

그로 인해 아픔과 슬픔, 눈물을 알게 되었고 진정한 사랑을 배웁니다.

삶에서의 깨달음 중엔 소중한 무언가를 하나둘 떠나보내고 난 후 알게 되고 깨닫게 되는 것이 있으며 동시에 '고약한 그것' 을 동반합니다.

그것은 '뼛속까지 시린 마음' 그리고 '아린 심장의 통증'과 함께 먼저 간 이와 슬프고 아픈 이별 후에 남겨진 이들에게 전해 옵니다.

지금을 살아가고 있지만 언제 어떻게 떠나갈지는 아무도 모릅니다.

한순간, 가버린 주변의 사람들이 있기에 나 또한 그들에게 그렇게 갈 수 있음에….

주변의 모든 이들을 더욱 소중히 아끼고 사랑하며 살아야 한다는 것을 알게 됩니다.

곁에 함께하는 이들과 살아가는 동안 많이 웃고 즐겁고 재미나게 살아갔으면.

무언의 언어

사람은 자신의 속마음을 무언으로 드러내며 산다.

눈빛과 얼굴의 표정으로.

눈짓과 손짓, 고갯짓으로.

무언의 그 어떤 형태로든 내면의 속마음을 끊임없이 말하고
있다.

가식적이든, 진실하든, 거짓이든지 간에.

우리가 인지하지 못하는 상황에서 표현되기도 한다.

거짓의 언어는 낯설기도 하고 어색하여 금방 드러나고 만다.

그러므로 늘 진실해야 한다.

세상과 사람을 풍경 보듯이

"세상 풍경, 그리고 내 마음의 풍경을 바라보다."

어떤 작가의 책 뒤표지에 있던 글귀입니다.

이 글을 읽으며 이런 생각을 했습니다.

'앞으로는 사람과 세상을 풍경을 보듯 하자.'

우리가 풍경을 볼 때 어떤가요.

거기엔 아무런 사심이 없습니다.

그냥 '아름답다! 멋지다!'라고 감탄할 따름입니다.

풍경을 바라보듯 세상을 대하고, 사람을 대한다면 어떨까요?

적어도 사람으로 인한 상처는 받지 않을 것입니다.

주연도 역할일 뿐

연말이면 스포츠 관계자들이나 연예인들의 상을 발표하고 텔레비전에 그들이 모습을 내비치곤 합니다.

흔히들 인생을 영화나 드라마 또는 스포츠에 비교도 하지요.

그 속엔 주연 배우뿐만이 아니라 조연과 단역 배우 그리고 후보 등도 있고요.

그런데 정작 주목을 받는 사람은 주연 배우와 선발만 독차지합니다.

다른 직업들도 마찬가지입니다.

선발이 있지만 후보나 교체 선수도 있지요.

메인 셰프가 있지만 수석이나 보조 셰프도 있고요.

혼자 하는 경기도 그를 도와주는 여러 사람들이 있습니다.

등장은 몇 초에서 몇십분 아니, 아예 보이지도 않고 뒤에서 묵묵히 그들의 역할만을 수행하는 사람들이 더 많지요.

그렇게 다 자기만의 역할에서 주연처럼 온갖 노력과 정성을 다하고 있잖아요.

주연도, 조연도, 단역도 다 역할일 뿐입니다.

그러니 "나는 뭐야?", "이게 뭐야?"라고 푸념하지 마세요.

당신은 이미 주연입니다.

그러므로 누가 뭐래도 멋지고 당당하게 자신의 삶을 살아가기 바랍니다.